U0782298

吴佳骏

著

小街景

山西出版传媒集团　北岳文艺出版社
BEIYUE LITERATURE & ART PUBLISHING HOUSE

·太原·

图书在版编目（CIP）数据

小街景 / 吴佳骏著 . —太原 : 北岳文艺出版社，
2022.6

ISBN 978-7-5378-6533-3

Ⅰ . ①小… Ⅱ . ①吴… Ⅲ . ①散文集—中国—当代
Ⅳ . ① I267

中国版本图书馆 CIP 数据核字（2022）第 047126 号

小街景

吴佳骏 / 著

//

出品人
郭文礼

选题策划
刘卫红
李向丽

责任编辑
李向丽
张　昊

装帧设计
张永文

印装监制
郭　勇

出版发行：山西出版传媒集团・北岳文艺出版社

地址：山西省太原市并州南路 57 号　邮编：030012

电话：0351-5628696（发行部）　0351-5628688（总编室）

传真：0351-5628680

经销商：新华书店

印刷装订：山西人民印刷有限责任公司

开本：787mm×1092mm　1/32

字数：150 千字

印张：8

版次：2022 年 6 月第 1 版

印次：2022 年 6 月山西第 1 次印刷

书号：ISBN 978-7-5378-6533-3

定价：69.80 元

本书版权为本社独家所有，未经本社同意不得转载、摘编或复制我终成虚无。

——［加泰罗尼亚］卡莱斯·坎普斯·蒙多

在中国西南地区一个小县城的北边，有一个古老而偏远的小镇。这个小镇委实很小，小到只有一条街道。在这条狭长的街道上，曾住着许多的人家。他们世代都在那里生息繁衍，过着属于自己的小日子、小生活。

我从童年时代起，就在这条小街上的学校里念书。每天早晨和傍晚，我都要从这条小街上走过。因此，我得以了解这条小街悠久的历史，听闻发生在这条小街上的各种故事，见证这条小街的热闹和平静。可以这样说，我熟悉这条小街上的每一个人，甚至能叫出每一个人的名字。至于那些烙刻着年代印痕和承载着岁月往事的场所，诸如电影院、照相馆、小面店、美发店等，我就更是记忆深刻了。在这些场所里，浓缩和收藏着我已逝的青春。同时，它们也给了我不可言说的温暖、疼痛和忧伤。这种青春期的记忆，可以伴随人的一生，并时刻影响着他成年后的价值观。特别是生活在这条小街上的人——人的生存状态——人的甘苦、悲欢和生死，更是给了我这个底层出生的孩子，过早地观察社会和认识生活的一扇窗口。这也让我及早地明白，人活着都是要承受苦痛和磨难的。而所谓的幸福，那只不过是一种憧憬和希冀罢了。尤其对于生活在底层的人而言，他们在追求和创造幸福的过程中，所失去的东西注定会比得到的东西多得多，但他们无疑都是顽强和坚韧的人。

多年之后，当我离开这条小街，到更远、更大的城市去生活和工作，才恍然发现自己对这条小街的惦记竟然是那样的深。无论是街上的场所，还是街上的人物，都一次又一次地在我的睡梦中出现。既让我喜，又让我忧。我不知道这叫不叫爱，或许叫怀旧也没有错。人都是在爱和怀旧中向前走的。越往前走，怀旧的心绪就越是强烈。

怀旧本身不就是一种爱吗？

于是乎，我滋生了要为这条小街写一本书的愿望，但却一直不知道该如何去写它。越是写自己熟悉的地方和人事，越是找不到下笔的切入口。

这事也便搁置了下来。

直到最近几年，因各种原因，我回小街的次数增多，却猛然发现这条小街已不再是我记忆中的那条小街了。那些熟悉的场所多半都已朽坏，熟悉的人也一个一个从这条小街上消失了。过去的一切皆已烟消云散。它变成了另一条陌生、苍凉和败落的小街。我的心不由得感到一种彻骨的寒冷和锐痛。好在还有一小部分人仍然住在这条小街上，像一只只疲倦至极的鸟雀，守护着自己的旧巢。这小部分人，大多都是老人和孩子，这更增添了我的忧愁。没事的时候，我喜欢跟他们聊天，谈这条小街的沧桑历史，谈小街上人的生离死别，谈他们当前遇到的问题和隐痛。

大概有两年多时间，我每个月都会到小街上待几天，挨家挨户地走访，做了大量的访谈笔记，还考察了小街周边的自然环境。在做这一切的时候，我有诸多的体察、感触和思考。而且，这条小街还让我联想到，近年来我所走过的全国其他地方的许多小镇，它们所面临的遭遇和命运如出一辙。这样一来，我好似忽然开悟，终于找到了书写这条小街的门径——我不能带着回忆去再现这条小街的历史和人事，而应该将目光关注到它的当下，也即小街的现在是什么样子。倘若我仅仅是写回忆里的小街，那写出来的文字将注定是浅薄、寡淡和无意义的。试问，有谁的回忆靠得住呢？那顶多不过是回忆者治疗自我创伤的一剂良药而已。故我想写的将不只是我一个人的小街，而是所有在这条小街上生活过的人的小街，一个时代的小街，且必须将笔墨的焦点放到现今还生活在小街的人身上来。他们是这条古老小街最后的守护者和见证者，我愿意为他们这群人写下只言片语，以表达我对他们的崇敬之意！

书的基调既定，我开始一篇接一篇地写。不急不躁，有时一天写一篇，有时几天写一篇，有时一个月写一篇。我也没有为这些篇章设置任何的条条框框，完全是自由的——结构自由，形式自由，思想自由。但有一点，这本书里的任意一篇文章，我都写得很用心，很真诚。许多时候，写着写着，我自己也会掉下眼泪来——为书中的某棵树、某只鸟、某条河、某个人。

我十分看重这些短小文章。从写《小魂灵》开始，我便对短文情有独钟。这本书也可看作是《小魂灵》的姊妹篇。只是《小魂灵》关注的主题为"生灵"，而这本书关注的主题为一条小街上的"人事"。文章的好坏并不在长短，而在内质，即文章所彰显出来的审美力量和精神含量。但愿我的读者在读到这本小书的时候，不会埋怨和责怪我是在糊弄他们。如斯，我也就心安了。

书取名"小街景"，是因为我所写的，都是一些片段，一些场景，类似一个个电影镜头。摄影师以摄像机取景，我以文字取景，性质都是一样的。不同的是，我们各自通过取景框所摄取到的场景和人物有别罢了——摄取到的场景的明暗和人物的命运有别罢了。

其实，每个作家都是一个"取景人"——一个生活、人性和灵魂的取景人。

吴佳骏

辛丑年仲秋

目录

巷 001

窗 005

钟 009

井 013

剪 017

墙 023

筐 027

树 031

苔 035

铁 039

狗 044

猫 048

鸟 052

风 056

烟　　...... 060

光　　...... 065

影　　...... 069

灯　　...... 074

火　　...... 078

凳　　...... 082

椅　　...... 088

石　　...... 092

瓦　　...... 096

花　　...... 100

色　　...... 105

煤　　...... 111

画　　...... 116

缸　　...... 120

磨 125

兔 130

碗 135

阶 139

碑 143

晨 148

午 153

昏 159

夜 164

月 168

声 172

雨 176

杖 180

堂 185

篱　　…… 189

馆　　…… 193

店　　…… 198

茶　　…… 202

藏　　…… 208

河　　…… 212

箱　　…… 217

衣　　…… 222

院　　…… 229

相　　…… 234

巷

这是一条悠长的小巷。

它的路面全都铺满了过去年代的石板——或许是以前走动的人太多，有的石板出现了深浅不一的凹槽。即使没有出现凹槽的地方，也被往来的人的脚步、马的脚步、骡子的脚步给踏磨光滑了。逢到天下雨，凹槽里积满了水，整条小巷都像镶嵌了无数面镜子。透过这些镜子，可以看见深蓝色或乳白色的天，天上流动或停滞的云朵；还可以看见远去的故事和走丢的光阴，以及昔日的繁华和眼下的衰颓……

我是一个不喜欢下雨天的人。我选择了一个阳光稀薄的日子来到这条小巷，想沿着它重新走一遍，就像沿着我记忆的小巷重新将自己的人生走一遍。但我不知道何时才能从小巷的起点走到终点——也许一天，也许一个月，也许一年，也许一生……我走得很是缓慢，迟重的双脚踩在路上面，仿佛能听到岁月的回声和时间的呻吟。

小巷里安静极了，安静得只剩下安静本身。巷子两边漆了红色、黄色、绿色的木门都关闭着，门上的油漆也已斑驳，像年轮掉下来的一层又一层皮。我一扇门一扇门地抚摸，幻想用手温将这些翻卷的漆皮给粘上去。可只要我轻轻一碰，它们反而掉落得更快——我再一次催生和加速了它们的死亡。

这些门里的住户我原本都认识——我熟悉他们的声音、对话、脾气、笑容和梦想。我知道他们是如何生活的，也知道他们的每一个白天和夜晚、春夏和秋冬。我希望他们能从关闭着的门里走出来，朝我点点头、握握手，或坐在墙根下彼此谈论着旧年的雨水、夜晚的繁星、风中的院门、树上的鸟雀、流水的回头、赶路人的倒影和铁匠铺里的叮当声。但我几乎敲遍了所有人家的门，都没有一个人从里面走出来。我不清楚他们去了哪里。我将脸紧贴在门上或窗上，眯起一只眼睛，透过黝黑的破洞或蒙尘的玻璃朝里窥视——我渴望看到我想看到的东西——一盏亮着的灯泡，一只装满清水的木桶，一条浸透汗液的毛巾，一个干净的饭碗……可我到底还是失望了——屋里什么都看不清，从墙缝和窗棂里钻进去的弱光不但没有将漆黑照亮丝毫，反倒增添了一道暗影和荒凉。我不情愿长时间盯着那漆黑看，我要让眼睛尽可能地寻找光明——我相信这光明就藏在这条小巷深处。

我迟缓地踏着石板往前走。我走过多年前那个小姑娘用割草刀刻下心事的那块石板；也走过多年前那个小男孩用弯镰刻下梦想的那块石板；还走过多年前人们集体用鲜血描红后，再用怒火雕凿出一幅革命标语的那块石板……每一块石板都是一个滚烫的记忆。我试图让这记忆的温度冷却下来，便故意顺着小巷被房檐遮住的阶沿走——我也不想将我的影子留在小巷里——它总是从我的身体里跑出来，借助阳光在小巷里东游西荡。对这条小巷的历史，我的影子似乎比我还要好奇——我不想它知道得更多，只好强行把它带到阴凉处，让阳光来屏蔽和冷淡它，就像小巷不想我知道得太多，就用空寂和萧条来屏蔽和冷淡我。

我和我的影子，都是这条小巷的追忆者和凭吊者。

甩掉了影子的尾随，我走得更加从容。我不需要它来打扰我。我依旧在寻找一些我想看到的东西——我想看到从前那间窄小而陈旧的理发店，想看到理发店墙壁上张贴的明星海报，以及那位戴着金边眼镜的理发师傅，还有那些坐在屋内暗褐色长椅上脸露倦容的老少顾客。即使我找不到那间理发店，我也渴望找到理发师傅手中的那把剪刀——用它来剪一剪我的长发和胡须，剪一剪我的愁绪和执念。我还想看到藏在小巷拐角处那家神秘的照相馆。

馆里的摄影师是一个打扮新潮的长发女人——挂在她耳垂上的那对月牙形耳环，和她那薄唇上涂抹的朱砂色口红，曾使生活在小巷里的男人们发生过多场械斗，险些造成人员伤亡。我每次见到她，都会想到一个成熟已久的秋天。最让我痴迷的，是照相馆门楣上终年都在闪烁的彩灯，和屋内长年散发出的暗淡光线。我曾数次走进照相馆，想请她给我拍一张照片来纪念我渐行渐远的青春。可我那时一无所有，根本没有资格求人。就算人家同意免费给我拍照，那照片上的我肯定也是一副穷相。我还曾建议她将这条小巷拍下来，但她没有采纳我的建议——她不愿意为不挣钱的事情浪费胶卷和才华。

　　我要寻找的东西实在是太多了，这些东西常常使我痛苦和焦灼。我沿着小巷一步一步地走着，我不知该到哪里去找寻我记忆中的这些场景和画面。这条小巷如今呈现给我的，只有它的寂寞和冷清。

　　我跪在小巷沧桑的石板上，泪水模糊了我的视线。

窗

　　小街上有各种不同形状、颜色和方位的窗。从各种不同的窗里，可以看到各种不同的风景和人事。我曾在一个无所事事的下午，从每一扇或关闭或开启的窗前经过。那些宽窄不一的窗台上，有的落满了烟灰和浮土，有的落满了黄叶和泥丸，有的落满了鸟粪和虫卵，有的落满了绒毛和草籽……

　　我用心数了一下，在那天下午三点至六点钟这段时间里，我一共观察过十八扇窗子。每一扇窗子都是这条小街的一个取景框，一个后视镜，一个瞭望口。当我从这十八扇窗子前走过时，我等于是穿越了十八段光阴。每一段光阴都让我驻足、痴迷、流连和遐想。我在窗外徘徊又徘徊，蹲下又站起——我时而是一束光，照在窗子蒙尘的木条或铁条上；时而是一场雨，洒在腐朽或生锈的窗框上；时而是一阵风，吹在遮挡住窗子的玻璃或胶纸上；时而是一个梦或一个影，在窗子的条缝间钻进钻出。

窗子给了我一个安静且多思的下午。现在我要用我极少的笔墨，记录下给我的心灵带来触动和灵魂带来震撼的几扇窗——我第一眼看到它们的时候，就意识到它们必定是在墙上等着我——如同这条年代久远的小街在等着我那样。

我首先要记录的，是一扇木窗。这扇窗有八根木条，其中两根已经不知是被黑夜的手还是黎明的手给折断了，抑或被黄昏偷去做了火把或燃料。我望着这个少了两根肋骨的窗棂，像望着上帝打开的一扇窄门。我不清楚有谁需要从这道窄门里进出，是天使还是窗户里住着的主人？也许都不是，唯一从这道窄门里进出的，只有时间和被时间带走的一切——包括那些静止或动态的孤独和苦闷、不幸和慈悲、诞生和死亡。我想找两根木棒，去将断掉的木条重新接上，可找了几根都不合适。我只好无望地站在那里，叹了一口气。

我要记录的第二扇窗，也是一扇木窗。与第一扇不同的是，它只有五根木条——三根粗的，两根细的。在三根粗木条当中，有一根是弯曲的。我不明白木匠在做这扇窗的时候，是有意保持了木材生长的原样，还是另有寓意。抑或是这家房屋的主人要求木匠这么做——他想让早晨的第一缕阳光照进窗户和傍晚的最后一缕阳光撒出窗户时，看到这根弯曲的木条，都有一种疼痛感。同时他也想让路过这扇窗的所有人知晓，一扇窗也是会疼的，那根木条就是窗子的疼在痉挛、在扭曲、在挣扎、在对抗。

我要记录的第三扇窗，是一扇铁窗。锈迹斑斑的铁条刺进窗框的肉里，好似谁强行用钢筋在墙壁上撑开了一个方形的口子。这是一扇没有安装玻璃的裸窗。它不需要再遮挡什么，那一根一根的铁条已经足够牢固和坚硬。它使窗外的喧嚣跑不进去，窗内的睡眠跑不出来。我猜想，这家房屋的主人一定胆小，不然他不会用铁条来做窗子。只有把自己死死地关起来，他才能感到安全和吉祥。在这条小街上，也唯有铁窗才能保护那些胆小者和弱小者不受伤害。

我要记录的第四扇窗，要比前面的三扇窗都开得高，但却比前面的三扇窗都要小。我即使踮起脚尖，也无法看到窗子里面的岁月。我能够看到的，是挂在窗条上的那面大大的镜子——它几乎挡住了小窗的半边脸。那镜面上用鸡血画着一道符，符上粘着一根公鸡的羽毛。每次看到这样挂着圆镜的窗，我知道房屋中必定又有人病重，他们以这种方式来驱邪避灾，给病人祈福。我凝望着那面镜子，也凝望着那扇小窗，我仿佛看见有一个脸色蜡黄的小孩在镜子里咳嗽，看见一个白发苍苍的老人在镜子里梳妆，看见一个蓬头垢面的妇女在镜子里落泪，看见一个驼背的男人在镜子里哀叹……

我要记录的第五扇窗，开在一座房屋的侧面。我如果不走进那条肮脏的陋巷去，就注定会错过它。那扇窗的光线很好，窗檐的左侧还筑着一个燕巢。只是我在窗下等了许久，都没有看到有飞来飞去的燕子，也没有听到叽叽喳喳的燕叫声。这扇窗大概是一个小姑娘的窗——上面挂着一块印有两只喜鹊图案的蓝色窗帘。窗台上还放着一本包了皮的书——我猜想一定是这本书替窗子迎来了更多的光，也一定是这本书放飞了巢里的燕子，放飞了那个坐在窗前迎着光线读书的人的梦想吧。

我要记录的最后一扇窗，也是最令我感到吃惊的一扇窗。它既不是木条做的，也不是铁条做的。他被人用粉笔画在一堵废弃了的土墙上，原始、古朴而简洁。我不能根据线条的轻重推断出这扇窗画成的确切时间，也不能根据线条的明暗推断出画这扇窗的确切之人。我唯一可以确切地告知读者的是，在这扇窗的左边，用红色粉笔写着一个偌大的"囍"字；在这扇窗的右边，用白色粉笔写着一个偌大的"丧"字。

钟

在小街数以百计的木门中，只有一道门与众不同——这不同就在于当其余的门或爬满了藤蔓、或拆卸了门框、或新装了铁锁、或永久地闭合了的时候，唯独这道门还常开着，迎送着晨曦和落日，守候着曙光和晚霞，见证着日月和季候。

无论天晴还是下雨，这道门都会在每天早晨七点钟准时开启——门开启时那熟悉的吱嘎声，很像忠于职守的门神发出的一声叹息，划过小街空寂而灰暗的上空。

门开启后，会先从里面飘出一股呛人的蓝色烟雾，继而将飘出一阵让人揪心的咳嗽声，接着便会走出来一个面容清癯、头发花白、长着一双罗圈腿的矮小老人。他左手拿着一根长长的烟杆，右手拿着一把断柄的铁锤，朝小街尽头那座已经坍塌的戏台走去。

他摇摇摆摆地走几步，就要拿起烟杆抽一口烟。每抽一口烟，都会发出长时间的咳嗽。但他早就习惯了。自从他在年轻时担任小街上的敲钟人那天起，他的咳嗽声便跟他敲出的钟声一样，没有止歇过。大家都知道，他的咳嗽是挂在他身体内的另一口钟——那口钟不用敲，它自己就会响——比那口挂在洋槐树上的铁钟还要响。

那个时候，小街上还很热闹。人们只要听见他敲的铁钟一响，不管是在吃饭、洗衣、睡觉，还是在乘凉、搓澡、做爱，都会匆匆赶到戏台前的坪坝上集中——学习文件、布置春耕、接受凌辱、观看批斗、犒赏劳模、欣赏歌舞……他敲出的钟声既是春汛也是激流，既是长歌也是短歌，既是福音也是噩耗……故住在小街上的人们都在这钟声里活着。有人爱他，也有人恨他——他也在人们的爱恨之间感受着光阴的流逝、祸福的轮转、命运的吉凶。

有一日，天色晦暗而澄明，他带着一夜没睡好觉的浮肿之眼，踱步到戏台旁敲响了铁钟。在敲钟之前，他在洋槐树下走来走去，站立不安。他几次举起手中的锤子，欲向铁钟砸去，又几次放下锤子，望着铁钟发呆——那是他敲钟以来心情最犹豫、沉重和糟糕的一次。他深深地明白，假使他那重重的锤子一旦砸下去，铁钟就会像往常一样惊醒小街上的所有人。这些人将会如蜂群或蝶群般拥向戏台，观看一出对他来说或许会痛苦终生、遗憾终生、忏悔终生的好戏——他要亲自用钟声将有罪的老父亲送上戏台，让台下的人指指戳戳，骂骂咧咧，甚至掷石子、泼凉水、扔烂菜叶。他不愿意敲响那口钟，可他又不得不敲响那口钟。就这么挣扎和徘徊好一阵之后，他还是决然而用力地将那口铁钟敲响了。他第一次从那低沉的钟声里听出了死亡的气息。他没有在戏台前久留，神色慌张地挤过如水般拥向戏台的人群，摇晃着身子快速地朝自己家里走。他走得越快，身子就晃荡得越厉害。他在摇晃中看到自己父亲被人绑了双手，低着头与他擦肩而过。他们彼此都没有说一句话，他也不敢正视自己的父亲，他的目光躲闪、游离。他像一个因做了亏心事而逃窜的犯人样跑回家，将门死死地关住，放声痛哭起来。足足有一个星期时间，他都没有走出过那扇房门。他发誓永不再去敲那口铁钟——他怕钟声一响，他父亲的魂魄就会喊疼。

然而，历史和记忆都极易被忘却。

没过多久，他就从关闭着的门里走了出来，像一个囚徒从监狱里走出来，或一个赎罪的人从忏悔室里走出来。他走出来后，手里依然紧紧地握着那把锤子——他热爱上了敲钟，也迷恋上了敲钟。要是隔几天钟声不响，他就会吃不下饭、喝不下水、睡不着觉。小街上的耄耋老人和三岁小孩都知道，当他用钟声送走自己的父亲后，他对做任何事都不再感到内疚和惶恐，对生死也已经麻木。

后来，时代变化，年岁也不同了，小街上的人们再也不需要听他敲出的钟声。有好心人建议将那挂在洋槐树上的生锈铁钟取下来，甚至连树也砍掉，可他死活不让。谁若是敢去碰那口钟，他就要用锤子砸谁的头颅。

人们看到他那疯狂的病态模样，都忍不住摇头和叹气。

渐渐地，没有人乐意再去关心这个过时的敲钟人，正如没有人再愿意去关心那段过往的历史。大家唯一感兴趣的事情，是如何从这条居住了几十年的小街搬出去，他们不想再继续住在这条破败、潮湿和阴暗的街巷上。

短短三年或五年时间不到，这条小街就空了。每一户从这条小街撤离的人都曾奉劝过敲钟人，让他也赶紧搬走，带上他敲了一辈子的那口铁钟。可他对别人的劝告置若罔闻，仍是每天早晚都要去敲响那口钟。

他已经很老很老了，又咳嗽着，举锤子的手笨拙而吃力。他知道再不会有人去听他敲出的钟声，但他还是要敲。他现在只敲给树听、敲给鸟听、敲给自己听。最主要的是，敲给他那含冤死去的父亲听。他每回敲钟的时候，表情都很肃穆，带着深深的惋惜。他把每一次钟声都视为一次绝响。

他和他敲过的那口铁钟，都是光阴的遗物。

井

小街上原本有三口井。

街头一口，街尾一口，街中段一口。

这三口井里的水都非常清澈和甘甜，是大家的生命之源。那些上了一定岁数的人，都喜欢喝街头那口井里的水，说喝了可以益寿延年，返老还童。岁数小的人则大多喜欢喝街尾那口井里的水，说喝了可以健康和快乐地成长。只有已经成年的小伙子和姑娘，全都跑去街中段的井里打水喝，说喝了可以获得美满的姻缘和爱情。至于这些说法到底是怎么来的，没有人说得清楚。反正自古以来，小街上的人们都是这样按照年龄划分，去不同的井里汲水饮用的。

三口井，维护着一条街的生活秩序——老人们在井水的滋养下越活越精神矍铄；少年们在井水的浇灌下越长越体格强健；成年男子和姑娘们在井水的润泽下越来越激情四射。他们每个人都是井边的一个太阳、一弯月亮、一朵鲜花、一片绿色、一缕光照……所有人都理所当然地以为，这三口井既然给了他们初涉人世的第一口水，也必将给他们离别人世的最后一口水。然而，令他们万万没有想到的是，若干年后的某一天，这三口井中的两口井都先于他们死去了。

　　最先死去的是街头那口井。它死于一个干旱的夏季。那场干旱可谓百年不遇，烈焰整整持续了一百多天。老人们每日傍晚都坐在井边祈祷，希望井里的水不要断流。但他们的诚意未能打动上苍，在骄阳的炙烤进行到九十九天的时候，街头的古井终于熬干了最后一滴泪珠。老人们面对干涸的深井，开始面面相觑，内心充满无尽的惶恐。凭借自己一生的经验判断，他们觉察到天象的异常，担心未来将有大事发生。果然没过多久，曾喝过这井水的一个老人竟离奇死亡。接着第二个老人死亡，第三个老人死亡，第四个老人死亡……在井水死去的一年时间内，连续死掉八个老人。人们都说，这几个老人是被古井收走了——它知道老人们活在世上将再难喝到那么干净、清冽和养命的泉水。

　　就在街头的井枯竭半年后，街尾的那口井也生病了。每天上午十点钟和下午四点钟，井水都会泛黄，还发出一股恶臭。小街上的人为确保自己的后代有水喝，轮流下到井底去淘井，将井中的淤泥清除掉，再将井壁的青苔等杂物刷干净。可这依然不奏效，无论怎么淘洗，井水照旧还是要泛黄，照旧还是会发出恶臭——这恶臭跟尸体的恶臭无异，人们出门都要绕着那口井走。有人怀疑这口井跟街头的那口井是一对夫妻，它的老伴死了，它自然也就缺少活水，所以才要浑浊和发臭。大伙想拯救这口井，纷纷跑去井边焚香、烧纸。经济条件稍微殷实些的人家，还专程从寺庙里请来僧人，给井诵经和做法事。七七四十九天之后，井水仍是不见清澈，恶臭也没有消除。于是，大家只好带着无奈而失望的心情，将这口井给填埋了，让它顺着地下之水去与它的老伴儿——那口先它而去的街头古井相遇。

这两口井的相继废弃，使得小街突然间失去了生气。大家心里都明白，这条小街他们怕是不能长久地居住了。事实上也是如此，现在那口仅存于街中段的水井，水位也在一天天降低。无论是老人和少年，还是如花似玉的姑娘和健壮如牛的小伙，都开始同饮一口井里的水。他们再也没有那么多的讲究，再也没有那么多的选择。只要有一口水喝，就是他们的幸运和福祉。渐渐地，大家的日子开始暗淡，生命也开始失去光泽。井里的水在流逝，他们体内的水也在流逝。每天早晨、中午和傍晚，乃至夜半时分，井边都有排队取水的人。如果谁去晚了，就会取不到水。没有水做饭和饮用，他们就没法活命。这样一来，小街上时常发生因抢夺水资源而发生的吵骂、斗殴和流血事件。

有一天薄暮时分，两个伛偻着背的老妇人挑着桶，分别从街头和街尾向街中段的那口井走去。她们已经往返几次了。她们将同在第二天办喜事——一个老妇人要嫁闺女，一个老妇人要娶媳妇。两家人都需要大量的水来救急。她们都想在头天就将自家厨房里的水缸储满水。最开始碰面的时候，两个老妇人倒也客客气气，一人一桶地依次提取井水。可当井里只剩最后一桶水时（她们家里的水缸仍未储满），她们都想将这最后一桶水往自己家里挑。她们站在井沿上，四只手抓住同一根井绳，撕扯着、拖拽着、博弈着，分不出胜负。天已经完全黑透，月色照在苍凉的古井周围，也照在两个瘦弱的老妇人拼死一搏的身影上。她们越夺越酷烈，不料其中一个老妇人脚底打滑，瞬间被另一个老妇人顺势推入井底。

夜色凝固了，月亮由银灰变成惨白。

当闻讯跑来的人打着手电筒将那个老妇人从井底拖上来时，她已经咽气。第二日，小街上本该去喝喜酒的人们，竟意外地赶上了一场葬礼。

剪

　　在小街上一间低矮、潮润和幽暗的房间里，摆放着一台老式缝纫机。缝纫机的后面，摆放着一张用蓝色布条绑了腿、又被岁月剥落了油漆的椅子。在那张椅子上面，经常坐着一个戴着老花镜、围着旧围裙、手里拿把剪刀在昏昏欲睡的老妇人。这个老妇人是一位有名的裁缝，小街上的每一个人都曾找她缝制过衣服和裤子，她也因此知道小街上每一个人腰围的大小、身材的高矮、审美的雅俗。

　　这个老裁缝的手艺是一流的。

　　凡是经她缝制出来的衣裤，可以使胖的人穿起来显瘦，背驼的人穿起来显挺，腿瘸的人穿起来显直，肩斜的人穿起来显平。一句话，她能让丑的人变得美起来。

山　坳

小街上那些原本因身体缺陷而讨不到妻子的小伙子，或找不到丈夫的大姑娘，都是在这位老裁缝的包装下，最终才成了家，生孩子延续香火的。故这个老裁缝是小街上的一大功臣，她既提升了小街人的生活品质，也为小街的发展和繁荣作出过巨大贡献。无论大人还是小孩，都以能穿上一套这个老裁缝制作的衣裤为荣。

她引领了一条街的时尚和潮流。

但这个老裁缝是一个有风骨和底线的人，她并非乐意给任何人缝制衣裤。至少有两类人，她是绝对不会答应做的。一类是穷凶极恶、作威作福的人；一类是背信弃义、言不由衷的人。她认为这两类人，即使穿上再漂亮的衣裤，也遮掩不住他们那丑陋的嘴脸和肮脏的灵魂。反之，若是遇到那些善良、朴实和真诚的人，哪怕他们穷得一分钱没有，她也会免费做一套衣裤来相赠。比如那个一年四季都在小街上游荡的哑巴乞丐，天晴的日子，他蹲在墙根下晒太阳；下雨的日子，他躲在别人的屋檐下避雨。老裁缝可怜他那衣不蔽体的样子，就在每年除夕做一套新衣裤送给他。后来这个乞丐不知从哪里又带来另一个乞丐，老裁缝也不问缘由，更不抱怨和指责，照样多做出一套新衣裤，送给那个新来的乞丐——她对待富人和对待穷人的态度都是平等的。

或许是老裁缝的善良使自己获得了福报，上帝给她送来一个貌若天仙的女儿。只要这个姑娘在小街上的任何地方出现，都会引发一阵躁乱和惊呼。大家一致认为，像这样的美人坯子，要么是从天界下得凡尘，要么是从某张古画里复活，反正人间难得。老裁缝也为自己拥有一个如此窈窕婀娜和冰雪聪明的女儿而自豪。从女儿小时候起，她就用店里上等的布料给孩子做衣裤。小姑娘一穿上母亲做的新衣裤，就高兴得手舞足蹈，沿着小街奔来跑去，街两边都站满了欣赏这道移动的风景的人。

时间不知不觉过去，小姑娘慢慢长大了，出落得更加亭亭玉立。不论什么衣裳，只要穿在她的身上，都完美无缺。因此，这个姑娘也就天然地成为老裁缝的模特和形象代言人。以至小街上的人们都在私底下议论，到底是小姑娘成就了老裁缝，还是老裁缝成就了小姑娘。

老裁缝一直以为，女儿将会是自己手艺的最佳传承人——这个姑娘也的确有成为一个优秀裁缝的审美感觉和艺术禀赋。小街上的人们也在期盼着这个女子能够继承她母亲的衣钵，继续为小街的发展贡献力量。这个姑娘是个懂事的姑娘，她深知母亲的愿望，也深知小街人的愿望，很早就下定决心，要将母亲的裁缝事业发扬光大，并发誓将开创小街的服饰新风尚。可谁也没有想到，这个一心要为裁缝事业奉献终身的姑娘，竟然会在未来的某天违背自己的誓言，既伤透了她母亲的心，也伤透了小街上所有人的心。

这一切改变都源于那个来自小街之外的男人。

那是一个天气温煦而明亮的上午，小街上莫名其妙地来了一个青年男子——上身穿一件灰色皮衣，下身穿一条深蓝色牛仔裤，头上扎一条辫子，脖颈上挂一个照相机。这名男子在小街上懒散地走着，边走边拍照。当他走到老裁缝的店门前时，忍不住停下了脚步，用相机对准店里的缝纫机、旧布料、剪子等不断地按动快门。那会儿，老裁缝正靠在椅子上午睡，并没有发现这个闯入者，但她女儿却从里屋窥见了这个男子的一举一动。那一瞬间，好似有一束耀眼的光芒，不但擦亮了她那水淋淋的双眸，还打开了她那封闭太久的内心世界——她的心兔子般扑通扑通地跳动。接下来的几天，那个男子都会跑去裁缝店偷偷地拍照。再接下来，老裁缝漂亮的女儿，连同那个拍照的男子便从小街上消失了。没有人知道他们去了哪里。直至一个礼拜之后，这个姑娘烫一头波浪式卷发，戴一对桃心耳环，穿一套红色时髦紧身衣裤回到小街，这让老裁缝和小街上的人都深感诧异。老裁缝第一次责骂了女儿，还出手扇了姑娘的耳光。房门外站着一群看热闹的人，他们表面上是在看老裁缝如何惩罚女儿，实际上却是被这个姑娘的穿着所吸引。这让他们意识到，在自己的活着之外，居然还有另一种活着。

　　老裁缝见围观的人越来越多，感觉丢尽了老脸。她强行让女儿脱掉衣裤，可女儿宁死不脱。老裁缝的权威遭到了挑战，她搞不明白，从来就十分温顺、听话的女儿，怎么突然之间变了个人——变得让自己不认识，不理解。老裁缝心里感到强烈的失落，想哭，却偏不让眼泪流出来。

气急败坏之下，老裁缝拿起用了几十年的那把锃亮、锋利的剪刀，将女儿的衣裳剪出好几个破洞。女儿委屈地哭着逃跑了，再也没有回来过。

从此，在那间低矮、潮润和幽暗的房间里，总是坐着一个手拿剪刀在胡乱地挥剪的老妇人——她是铁了心要将那些有伤风化、又不遮羞的边角料咔嚓咔嚓地全给剪除掉。

墙

那是一堵倾斜的暗黄色土墙，风日夜吹拂着它，雨长年浸淫着它，太阳四季照晒着它，可它就是不倒，坚韧地承受着它该承受的一切——时间的重量、年轮的沧桑、大地的苦难和一条小街的忧伤……

每天上午，只要不下雨，就有三个老人蹒跚着步履来到墙根下静坐，或谈论一些彼此都感兴趣的话题。他们三人坐成一排，位置几乎是固定的。左边的那个脸色发黑，总是喜欢低着头，盯住地上爬过的几只蚂蚁或蜗牛看——看久了，还会笑或哭；右边的那个脸色红润，性格也要稍微开朗一点。他一坐下来，就开始滔滔不绝地说话。若是没有人应和，他也不生气，仍靠在墙上自言自语，宛如僧人念经一般笃定；只有中间坐着的那个，好似左右两个人的综合体，时而愁容满面，时而怡然自得。他沉默的时候，跟一尊雕塑没有本质差别；他开口的时候，又跟一个布道的牧师无异。这三个老人形影不离，只要其中一个老人出现，另外两个必定紧相跟随，有时还会手拉着手，像小孩子一样憨态可掬地坐着，望望天空和天空上的云朵，望望树和停留在树枝上的鸟雀。每个老人的衣兜里都装着三颗糖果，用五色斑斓的玻璃纸包裹着。他们在墙根下坐的时间长了，就会轮流掏出糖果来分发，含在嘴里慢慢地嘬。直到三个人的糖果都嘬完，他们才从糖果的甜味中回过神来，如同从往事里抽身，再漫无边际地谈谈跟糖果无关的事情。

那些事情都涉及什么内容呢？没有人确切知道，人们只能从他们谈话的口型上推测，他们谈论的都有这样一些——天亮之后，星星和月亮都去了哪里？天黑之后，太阳和白天又去了哪里？在他们还没有来到土墙之前，土墙到底在等待谁？当他们来到土墙之后，土墙到底等的又是不是他们？在他们都还年轻的时候，他们的老年在哪里？现在他们都老了，他们的青春又去了哪里？……这些问题反复困扰和折磨着三个老人。他们每日上午都在交流同样的问题，可每次的交流都没有结论。越没有结论，他们越是要交流。那面墙也阻挡不住他们的追问和争执。倘若争执收不了场的时候，他们就集体问墙。墙也沉默的时候，他们就集体靠在墙上痛哭流涕。哭过之后，一个上午也就过去了。他们互相握握手，笑一笑，相约下午再来墙根下继续讨论。

但不知何故，下午却总有一个老人失约，只有两个老人会准时来到墙根下。这两个老人也不会去等那个没有来的老人——他俩心里清楚，无论怎么等，他也不会来。小街上的人们也在猜测，那个没有来的老人是在睡觉，还是在赌气，抑或单独跑到街上的某一面墙下躲清静去了。照理说，像他们这样的袍泽兄弟，他是不该不来的，然而事实证明，他的确一次都没有在下午的时光里出现过。他好像一滴露水，只会在上午出现。过了午时，便从天地间蒸发了。

这注定将是一个寂寞和苍凉的下午。

少了一个伴侣，另外两个老人谈论的激情减弱了许多。他们各自辩驳一番后，都要侧头去看看旁边空出来的那个位置——他们都想听听那个缺席老人的看法——他们也相信那个老人仍坐在自己原本的位置上聆听。在这两个老人眼中，那个消失的老人无处不在——在他们或急促、或缓慢地谈论的语速里，在土墙或明亮、或阴暗的不规则影子里，在小街或活着、或死去的万物轮回里……两个老人越谈兴味越索然。谈了一两个小时后，他们谁也说服不了谁，于是干脆都坐着不动，对视着、凝望着、缄默着。他们都想安静一下，梳理梳理大脑中纷乱的思绪，然后各自回屋去，等到黄昏时再出来分个伯仲——他们是铁了心要在进入坟墓之前，将这些人生的重大问题搞清楚。

两个老人回屋没多久，充其量不过抽一袋烟的工夫，黄昏就降临了。平时坐在中间的那个老人踱步到墙根下，他对驳倒另一个老人的观点胸有成竹，稳操胜券。可令他怎么也没想到的是，下午跟他辩驳的那个老人也隐身不见了。他想不通那两个老人为何都要躲避他——是都对他失望了，还是对他们谈论的问题本身失望了？难道他们料到这样的追问终将是无解之问吗？他孤单地靠在倾斜的暗黄色土墙上，已然丧失了追问的勇气。黑夜就要来了，落日已将它最后一抹光线从墙面上撤离。有风从墙体裂开的缝隙里吹过，他弯曲的脊背正好对着那道缝隙，故他感觉风在吹裂墙体的同时，也在吹裂他——他已听见自己的骨骼碎裂的嚓嚓声。他想从墙根下站起来，可试过几次，都没能成功。他看看左边，又看看右边——以往他站不起身的时候，都是左右两边的老人搀扶他。可眼下那两个位置都空了，他瞬间失去了依靠。他吃力地扶住墙体，耗费很长时间才勉强站起身子。他用颤抖的嘴唇亲吻一下墙面，忽然忍不住老泪纵横。

他不能再欺骗自己。

这三个老人，其实是一个人。那分别从上午和下午逃跑的两个，一个是他的幻觉，一个是他的灵魂。

筐

　　那个老人坐在临街一个寒寂的小院子里，沉默而专注地编着一个箩筐。他记不清楚那是自己这辈子编的第多少个箩筐，也记不清楚那是自己今生度过的第多少个寒冬。

　　七十多年前一个多雾的早晨，他被人用筐装着，遗弃在路边的草丛里。他那去赶集的养父从草丛旁经过，听见他稚嫩的哭声，扒开草丛后又见他两腿间长着个带把儿的东西，便没有犹豫地将他提回家。

　　他也因此被人捡回一条命。

　　但令他养父意外的是，待他艰难地存活下来后，却发现他并不是一个健康的孩子——除了左腿有残疾外，说话还结结巴巴，语无伦次。于是，他养父几次萌生要将他重新扔弃的念头。要不是他养母可怜他，劝阻养父放弃这个想法，他这条卑贱且多灾的性命，无论如何都难以保全。

他养父是个好吃懒做的酒鬼，每次醉酒后都会咒骂和凌辱他，有时还用尖利的缝衣针去刺他的屁股，用点燃的烟头去烫他的脚板。他知道养父是个暴戾恣睢之人，但对自己有救命之恩，也就一直委屈、忍辱地苟活着。他养母没有生育，视他为己出，时常偷偷地给他东西吃，这让他感到温暖，也心存感激。养母是使他继续活在人世的强大支撑。有一次，他养母私底下给他一个烧饼，不巧被他养父撞见。他养父恼羞成怒，用绳子将他和养母捆绑在同一根石柱上，饿了两天两夜。

他经常在月色幽微或繁星满天的冷夜，看到养母躲在猪圈旁的木屋里哀泣。这时，他养父要么在小街上的酒馆里猜酒划拳，要么躺在屋内的木床上鼾声如雷。他知道养母跟他一样，都活在这个人间地狱里。他想去安慰养母，却又不知道如何安慰。他们是黑夜里两颗暗淡的孤星，想彼此照亮对方，又怕这微弱的光照会使彼此伤害得更深。他无所适从，想逃离这个名义上的家庭樊笼——带着养母一起。但他清楚自己的腿不好，无法逃远——越逃命运只会越多舛——前方不知道有多少的深渊、多少的陷阱、多少的坑洼在等待着他呢？在残酷的生存面前，他唯一能够做的，就是毫不退缩地直面生存本身。

大概在他十二岁那年秋天，他养母终于被养父凌辱而死。养母死后，他感觉天都塌了。他独自跑去离小街不远的窟窿河边，坐了整整一个下午。那个下午，他的眼泪都没有干过——泪水升高了窟窿河的水位线。河流的上空，有几只灰色的鸽子，向着流水的方向扑腾着翅膀。他觉得那其中一只鸽子，压根就是他养母变的。他站起身，想跟随鸽子和流水而去——他想把自己消融在那个冷寂的秋天。但夜幕降临之前，他到底还是瘸着腿，摇摇晃晃地回到那个愈加冷清和压抑的家庭地狱——他不忍心抛下养父——那个让他又恨又爱，既冷酷又可悲的男人。他料想这个男人现在肯定需要他——他养父比他更脆弱，也更值得同情。他丝毫没有说错，失去妻子的养父的确比过去更加依赖他——依赖的方式就是对他的虐待开始变本加厉。他醉酒时打他，没醉酒时也打他——打人是养父活着的最大乐趣和发泄苦闷的最佳渠道。有时他实在承受不住养父的毒打，也曾想过在他醉酒熟睡后，用菜刀切下他的头颅来祭祀养母。可他只要一举起菜刀，手就发抖、腿就发颤、眼就发花、背就发麻、心就发慌——他知道自己干不成大事。

干不成大事的他，得想法养活自己——养父也需要每天等着他支付酒钱。这样一来，他开始跟着小街上一个老篾匠学编筐手艺。编一个筐卖掉的钱，可以让他养父换回三天的酒喝。他没日没夜地编筐，逢赶集，就将筐拿去卖。有好心人知道他的遭遇后，都跑去买他的筐——虽然他们都看出他编筐的手艺还不够娴熟。

他对每一个来买筐的人都心怀感恩。每次卖完筐，他都幻想能够换回一些东西——大米、食盐、黄豆、面粉……可每次他所换回的都只有饥饿、贫穷、疼痛和孤苦……

在他二十四岁那年，他养父因喝他卖筐换来的酒死了，法医说那酒里被人下过毒。他未能脱掉干系，坐了十年牢。出狱后，他一无所有——没有房子，没有妻子，没有希望，没有未来。他在小街上捡了条流浪狗，想让这条狗给自己当儿子，将来替自己送终。但三天之后，那条狗也离他而去，跑到能吃饱饭的人家里去看家护院了。失望至极的他，只好重操旧业，勉强靠编筐、卖筐过活。

几十年下来，他的左手和右手都被竹篾划出累累疤痕——有的深、有的浅、有的长、有的短；他的心灵上也布满了累累疤痕——白天疼、夜晚疼、下雨时疼、刮风时疼、落雪时疼、天晴时疼……他不知道该如何治愈这些伤和痛。

他正在一天不如一天地衰老。

衰老的他仍坐在小院里安静地编筐，他不是不知道现在已经没有人再来买筐了。他周而复始地编筐的目的，不过是想使内心的伤痛减轻一点，死时能够安详一点——不至像他养母、养父死时那么痛苦和凄惨。

他绝不希望自己卑贱的灵魂，进入不了永恒而幸福的天堂。

树

　　小街上的树跟别处的树不同，它并不因季节或气候的改变而转成黄色、红色或绿色，而是根据鸟儿的悲欢、日子的冷暖、人事的兴衰等来决定繁茂和枯萎。我没有确切地数过小街上到底有多少棵树，树有多少个品种。高的有多少，矮的有多少；大的有多少，小的有多少。

　　我只对三棵树生发出浓厚的兴趣——这三棵树分别是桂花树、枣树和洋槐树。读者可能会奇怪，难道这三棵树有什么特殊之处吗？是它们的根没有扎进大地？还是它们的叶子都呈纸质或玻璃质？如果你们这样想问题，那就大错了。这三棵树非常普通，阳光照在它们或葳蕤、或稀疏的树冠上，并不会多出一道蓝光和绿光；冷风吹过它们或翠绿、或淡黄的叶片时，也不会多出一首欢歌和悲歌。唯一不同之处，是它们都跟三个人有关——这三个人分别是一个老头、一个老太和一个中年妇女。我曾深深地怀疑，这三个人都是从三棵树的身体里逃出来的——因为树站久了，也想变成人；人活久了，也想变成树。不然的话，这三个人和三棵树之间，绝对不会那么默契、相依和诡异。

先说那棵桂花树吧，它是这三棵树中最老的一棵。跟它的生命联结在一起的那个老人，也是这三个人中年纪最大的一个。这棵桂花树就长在老人的窗户外。在桂花盛开的八月，只要老人推开窗户，屋内就总是弥漫着一股清香，能使老人每天都昏睡一个小时。也只有在这昏睡的一个小时内，他才能够跟死去的父母相遇。这是一个双腿高位截肢的老人。

几十年前，他跟着逃荒的父母来到小街。落脚后没多久，他父母就被饿死了，留下他一个人孤苦伶仃地苟活在世上。他没能力安葬父母，就在父母死去的地方种植了一棵桂花树。他想等日后生活改善，有钱了，再来桂花树下替父母立一块石碑。种下树苗的那天傍晚，落日红得像是在滴血。他跟死去的父母和活着的桂花树磕了三个响头，便去小街对面的一个煤窑里挖煤。他总是在下雨的日子，或有月光的冷夜跑去看那棵桂花树。桂花树在长，他也在长——朝着无限遥远的希望。然而，当他长到十八岁的那个春天，一次井底塌方压碎了他的双腿，他再也没法下井挖煤。

他的希望破灭了。按照他的请求，煤窑老板在那棵桂花树旁给他盖起一间石头房子。从此，他开始躺在屋内的窗户边，守着桂花的清香在幻觉中跟死去的父母见面。他承诺要将父母的尸骨迁回故乡安葬，可他的承诺很难兑现。只要桂花的花期一过，他就再难看到父母的孤魂。现在，这个掉光白发的老人早已改变主意，他不准备带着父母的亡灵回老家，而是自己也打算死在亲手种植的桂花树下。他想只要一家人在一起，不管活着还是死去，也不管异乡还是故乡，都是属于他们的天堂。

再说那棵枣树。它在小街上生长了若干年，可就是不结枣，好似它存在的意义全是为了给那个老妇人挂鸟笼子。那是一个孤独的老妇人，养着一只孤独的鸟。每天清晨和日暮，她都要将鸟笼挂在枣树上，静静地坐在树下，听鸟鸣和自己的心跳声。那棵枣树不知怎么回事，树干下端有一个小小的洞。那个老妇人每次来遛鸟，都要盯住那个洞凝视良久。她不止一次想从那个树洞钻进去，让自己的晚年在树中度过。要是那样的话，她就不用担心哪天自己死后找不到人打制棺材——树就是现成的棺材——活棺材。人死了，她希望自己的棺材还活着。这活棺材能让死去的她重新发芽，再度接受光照的抚摸和雨水的滋润。至于那只笼中的鸟，她想就那样将它关闭着。她要将鸟笼长久地挂在树上，替自己守孝。守满一年后，再请风将鸟笼子打开，放鸟出来，允许它飞向另一个春天。这是个特别有意思，既达观又悲观的老妇人。她给那只笼中鸟取了个跟远在异乡的儿子相同的名字，她说，只要鸟儿每叫唤一声，她就能听见儿子在喊妈。

最后说那棵洋槐树。它是三棵树中最年轻的一棵，长在小街上不被人注意的角落。这棵树在每年春末，都会开满白色的花朵。只可惜没人有时间去欣赏那些美丽的花色，连蜜蜂都不愿飞到这棵树上来采蜜，可见它的孤单和寂寞。要不是在一个月光惨淡的晚上，那个中年妇女用一根草绳将自己的脖子系住，吊在树丫上，这棵树大约还会一直寂寞和孤单下去。没有人知道那个妇女为什么要去轻生，树也不知道。只依稀听人说，她跟公婆不和睦，又时常遭受丈夫的殴打。她是个外地人，由于家里穷，才在多年前跟着丈夫来到小街。这个妇女自杀后，她丈夫和公婆都不感到悲伤，唯独她那三岁的女儿跪在洋槐树下哇哇地哭——哭妈妈，哭树，哭天地，哭自己。说也奇怪，这棵原本只开白花的洋槐树，在妇女死后的第二年春天，竟意外地开出了红花。待红花落尽，树也跟着枯死了，只剩下树的干枝直挺挺地刺向青天。人们都说，那个妇女一定是树变的——在洋槐树尚未腐烂的躯干里，就藏着一个女人的冤魂。

苔

　　在小街那些废弃的土墙上、荒芜的菜园内、幽暗的棚户下、阴湿的角落里，大都爬满了或淡绿色、或苍青色的苔。苔上长满各种寄生虫子，这些虫子有肉眼看得见的，也有肉眼看不见的。它们要么蠕动要么休眠，在流动或静止的时光中孕育着生机。

　　这些生命力顽强的苔很让一个穷孩子痴迷。他每天在小街上捡垃圾累了的时候，老喜欢默默地盯着那些苔看——他看苔颜色的深浅，叶片的厚薄，也看在苔上爬行的虫子的形状。有许多次，他在观看到十几二十分钟后，都发现那些寄生在苔上的虫子就是他自己。他很惊讶这个发现。他捡了八年垃圾，居然只是一条虫子——他寄生在苔上，也寄生在垃圾堆上。难怪小街上的人们都叫他"虫苔"。虫苔可以是苔的名字，也可以是虫子的名字，更可以是他自己的名字。对于一个靠捡垃圾为生的穷孩子来说，有没有名字，或取个什么样的名字都无关紧要，能够活命就已经不错了。

虫苔，虫苔，那些熟识他的人这样叫喊着，将他从观看的遐思中拉回到现实中来。他不会答应那些叫喊他的人，只礼节性地点头或微笑。他很讨厌这个名字，就像他讨厌那些生长在无光旮旯里的苔，以及躲在苔里偷生的虫子。但他又没法逃脱苔的包围——他晚上睡觉的那间破旧、漆黑和凉寒的屋子四壁上，就爬满了苔。他每夜都是很晚才能入睡。他躺在一张捡来的单人木床上，侧头看看北面的墙壁，翻身看看南面的墙壁，坐起看看东面的墙壁，趴下看看西面的墙壁，还是没有睡意。从墙壁缝隙透过来的微弱灯光就要熄灭。那个老人已经在另一个房间咳嗽着敲了三下墙壁，那是在提醒虫苔，夜已深，他要关灯了，希望他也早点睡。

这是个善良的老人，要不是他可怜虫苔，让其在暗夜里跟光芒多处一会儿，会将电灯拉灭得更早。他是一个不需要光的老人。在虫苔没有住进他隔壁屋子之前，他一年四季都不会开灯。他习惯了黑暗。习惯了没有光的日子。这个老人跟虫苔一样，也是个靠在小街上捡垃圾过活的人。他们两人几乎从来没有说过一句话，哪怕在捡垃圾时碰了面，也是各捡各的，彼此都沉默着。但他们在心灵上又相通，没有隔阂，有时还会互相关照和谦让。只要他们提着垃圾袋走在一起，简直像一对爷孙。以至大家都说，虫苔就是那个老人年轻时的样子；而那个老人无疑就是虫苔年老时的模样。他们是命运的两个端点，人生的头和尾，光阴的昨天和明天，轮回的过去和未来。

夜越来越深，老人的咳嗽也越来越响，好似谁在暗夜里拉动一个巨大的风箱。虫苔蜷缩在木床上，他感觉四壁上的苔在朝他挤压，最后形成胞衣，将他死死地裹住。他很享受这种藏在母体子宫内的毛茸茸的体验。他不想脱离母体，不想长大。他渴望被保护，渴望被温暖。他不想去捡那肮脏、恶臭的垃圾，他也不想成为一条被人瞧不起的虫子。他想拥有一个美好、浪漫、动听的名字，如三月的春风或细雨，四月的海棠或游鱼，五月的艾草或麦浪，六月的荷花或稻谷……这是虫苔一个小小的梦想。如果这个梦想能够实现，他将不会再低头长久地盯着那些苔看。他可能会换一个姿势，抬起头来，望望高过树梢的云朵和飞鸟，望望挂在天边的落日和朝霞。虫苔期盼着这种简单的幸福。在捡垃圾这八年漫长时光里，他的期盼从未停止过。他之所以睡不着觉，不是他的肉身睡不着，而是他的期盼睡不着，他的梦想睡不着。

虫苔知道，住他隔壁的那位老人之所以咳嗽，也不是他的肉身在咳嗽，而是他的盼望和憧憬在咳嗽。虫苔还知道，那位老人之所以给自己以光照，也不是在给自己的肉身以光照，而是在给自己的期盼和梦想以光照。老人在周而复始的深夜里咳嗽一生，不希望虫苔也在一个又一个深夜里咳嗽一辈子。他们在互相支撑，互相激励——这种支撑和激励，是年轻对苍老的支撑，更是苍老对年轻的激励。虫苔在苔的包裹中越想越清醒。到了后半夜，隔壁老人的咳嗽声渐渐弱下去。虫苔意识到老人的情况有些不妙，他早就预感到老人将活不长久。老人跟他一样，也被四壁的苔包裹着。不同的是，虫苔孤守在苔的"子宫"里，那个老人却孤守在苔的"棺椁"中。

虫苔的预感很准确。二十九天之后的黄昏，那个每夜都在咳嗽、每夜都在给他以光照的老人，终于静悄悄地离别了这个人世。老人走后，虫苔的夜晚更加孤寂。他整夜整夜睡不着觉，只要自己躺上床，不需闭上眼睛，就能听见老人的咳嗽声在隔壁响起。那时停时起的咳嗽声，还会使四壁的苔兴奋起来，不安起来，将他朝死里包裹。每当这时，虫苔为挣脱苔的包围，也挣脱恐惧的包围，就要从床上爬起来，冲出黑屋子，去小街上捡垃圾。午夜清冷的月光下，虫苔走到哪里，那个已故老人的身影就跟到哪里。他清楚那个影子为何要跟着自己，但他什么也不说，只默默地盯着那个似幻似真、既熟悉又陌生的身影看。

虫苔躲闪和忧悒的目光里，藏着一个冰冷的湖。

铁

　　那间暗黑的铁匠铺，坐落在小街上一口水井的旁边。它那陈旧的木门常年关闭着，不大的一扇铁窗也已锈迹斑斑。从铁窗外朝里望去，不仅地面阴湿，连墙基也阴湿。稍微干燥点的墙面，沾满了过去年月里的铁屑和煤灰。在正对着铁窗的那面墙壁下，曾经烧过毛铁的灶还在，只是不再有炙热、血红的火光升腾而起。灶的左侧，那根粗壮的铁砧也还在，只是不再有铁锤敲打时发出的嘹亮叮当声。至于那喘着粗气的笨重风箱，和铁匠汗如雨下赤身锻打铁器的身影，更是早已消失在小街上人们的视线和谈论中。

　　只有一个人还在梦想着复活和创造铁匠铺当年的繁荣。

　　这个人已经老得快走不动路，但他的眼睛里依然燃烧着一团旺盛不灭的火。他那干枯如柴的手臂一旦举起来，就是一把永不生锈的铁锤；他那弯曲变形的大腿一旦蹲下，就是一根坚硬无比

天地间

的天然铁砧；他那呼吸困难的喉管一旦拉响，就是一个日夜都在不停歇地抽动的风箱。

这是一个有干劲和有理想的老人。

他在十几岁的时候，就跟着师父在铁匠铺里打铁。师父将全部手艺都传授给了他。他也的确是一把打铁的好手。经他打制出来的镰刀，不仅可以收割麦穗和稻谷，还能收割日光和月光；经他打制出来的犁铧，不仅可以翻耕旱地和水田，还能翻耕欢乐和悲伤；经他打制出来的闩锁，不仅可以锁住柴门和铁门，还能锁住春色和寂寞；经他打制出来的链条，不仅可以拴住牲口和小偷，还能拴住时间和梦想……因此，他在人们心目中具有极高的威望和地位。他师父眼见徒弟声誉日隆，脸上泛起比炉火还要亮堂的红光。从那时起，师父就下定决心，要将铁匠铺交给徒弟来经营。作为徒弟的他能够得到师父真传，已经很高兴。现在师父又要将铺子交给他，这让他更是深感诧异。他跪在临终之际的师父床前，泪水像烧化的铁水般流淌。他发誓要振兴铁匠铺，要让铁匠铺里打铁的叮当声，像教堂里的钟声一样长年累月地在小街的上空响起。

但令他无论如何也没有想到的是，他接管铁匠铺三年时间不到，铁匠铺就冷清、沉寂和衰败了，再也没有人去铁匠铺找他打制器具。仿佛一夜之间，时代就变了一个样子。他不知道该怎么办。

他默默地跑去师父的坟前哭泣。哭完之后，又挨家挨户地恳求小街上的人去他那里定制铁具。他承诺少收或不收大家的钱，可没有任何人理睬他。又过了大半年，他的铁匠铺终于倒闭了。铺子倒闭不久，也仿佛是一夜之间，他的头发全白，人也迅速苍老。一个铁骨铮铮的汉子转瞬间成为一个老态龙钟的人。

每天早晨七点或八点钟，傍晚五点或六点钟，他都会在铁匠铺门前徘徊，那失魂落魄的模样，真是令人心酸。他想了很多办法，试图让铁匠铺重新开张营业，可最后带给他的却总是无助和绝望。他心里清楚，铁匠铺不可能再恢复。不得已，他只好将整个倒闭的铺子搬迁到自己的身体里——他以自己的幻觉来管理它、延续它、复兴它。他要以生命来保护和传承师父亲授的手艺。这手艺不仅事关他师父的尊严，也事关他自己的尊严，以及整条小街之人的尊严。在他看来，一间铁匠铺倒闭了，不只是一间铁匠铺的失败，而是一种传统手艺的失败，一种民间文化的失败，一条老根的失败。

他妻子和儿女见他成天正事不干，随时都在紧握拳头砸自己的大腿，嘴里还发出叮当叮当的声音，都认为他疯了、着魔了。谁要是去劝阻他在幻觉中打铁的举止，他就会跟谁急，甚至用自己拳头做的铁锤去击打谁——他善良的妻子被他击打过，他憨厚的儿子被他击打过，他朴实的女儿被他击打过。亲人们在他眼中，全都变成了一块一块的生铁。小街上的人只要看见他那怪异的行为，都会发出嘲讽和鄙夷的笑。他替这些笑他的人感到悲哀，觉得他们都是一群鼠目寸光的人，看不透很多东西。人们越是讥笑他，他越是要在幻觉中去打铁——他以这种方式来反击那些嘲笑他的人。

或许是他的固执和不近情理，使他的家人觉得丢尽了颜面、遭受了羞辱。渐渐地，他憨厚的儿子和朴实的女儿开始疏远他、回避他，跑去很远的城市打工，就连他那善良的妻子也在儿女离家后的第三年改嫁。

他死去的师父见他已是一个孤家寡人，很是可怜他，就还魂来劝慰他放弃复兴铁匠铺的理想。师父说他不仅是个好徒弟，也是一个技艺超群的好铁匠。但他已经尽力，做了自己该做的一切，不会在九泉之下责怪他。他师父的亡魂还说，传统手艺和匠人的消失，已然是大势所趋，他即使坚持到老死，最终也无济于事。可他这回没有听从师父的亡魂的规劝，他心里十分清楚，自己之所以众叛亲离都要坚持打铁的理想，已经跟他师父没有任何关系，那完完全全是他自己的愿望。在这个简单而纯朴的愿望支撑下，他每天都在孤单、落寞地持续打铁——他相信那个已搬迁到自己身体内的铁匠铺，一定会在他入土之前，重新燃起熊熊火光，发出铿锵的打铁声。

他已经老得快走不动路，但他的打铁事业仍在延续。他是铁了心，要用幻想和坚守，给自己打一副命运的枷锁。

狗

一个晚霞铺满天际的黄昏，那条著名的淡灰色大狗福安竟莫名地消失了，这使得整条小街都陷入了清寂、忧伤、暗淡和惆怅的氛围。从那刻起，人们将再难看到福安那欢快的身影，出现在谁家的屋檐下或椅凳旁。平素各家各户门槛外摆放着专供福安进食的洁白瓷碗，也将不再盛满土豆、红薯、菜蔬和骨头，而只能盛满雨水、月光、长夜和回忆。

这条失踪的狗，不仅带走了小街上人们活着的美好，还带走了人们的灵魂。它对大家来说，实在过于重要。每个人都在寻找它的下落。大伙儿白天找，夜晚找，入睡后去梦里找，梦醒后又继续跑到小街以外的地方去找。离开了福安，男女老少心里都会发慌。他们比谁都清楚，福安救过大家的命。

那是十年前的往事了。

十年前的福安还很小，以至当它突然出现在小街上的时候，没有一个人注意到它——小的东西总是被人忽视。那是一个多雨的季节。人们心安理得地生活在周而复始的季节轮回里，根本没有意识到有一场灾难正在向他们逼近。但是敏锐、通灵的福安意识到了，它于灾难来临前几天就焦躁地在小街上跑来跑去。一边跑一边狂吠，试图引起人们的觉察，可惜没人发现这条流浪狗的异常。小孩子们都在忙着长，老人们都在忙着老，中年人都在忙着活，谁的心里都不会有这条外来狗的存在，谁的日子里都没有除自己以外的日子。福安吠破嗓子见大家都不理会它，就心急如焚地用爪子去敲每家每户的木门。起初不少人都以为福安是由于饥饿，上门来讨饭。个别心好的人便舀饭给它，但它不吃，依然不停地敲门，爪子都敲出了血迹。

没有人懂得福安的善举。

它连续敲了两天木门以后，人们开始讨厌它——有咒骂它的，有拿扫帚撵它的，有捡石头砸它的，有倒热水泼它的……福安受到极大的委屈和羞辱。但它没有退缩和放弃，仍是冒着生命危险坚持去敲每家每户的木门。后来还是小街上的一个祭师，从福安的敲门声中听出了敲木鱼的声音，才怀着忐忑和感激的心情告诉人们，小街不日将有灾难降临。祭师的话使小街笼罩上一层恐慌。

大家议论纷纷，各自在家中焚香祈祷，希望这看不见的灾难永远不要发生。

福安知道祭师已识破它敲门的暗示，终于松了一口气，躲在小街上一个阴暗的墙角发怵。到第四天晚上，人们在香案前祈祷完毕，都不愿回屋去睡觉。他们坐在各自的堂屋内，任凭黑暗将自己紧紧地缠裹住。他们第一次在黑夜里遭遇到白夜。一种巨大的不安如潮水般蔓延开来。祭师念经的声音在阒寂的小街上空响起，念着念着，祭师竟然哭了起来。那断断续续的哭声穿透黑夜的肌肤，穿透所有人的惧怕，也穿透福安的预言。瞬间，福安像受到了刺激，又在小街上拼命地狂吠起来。凡是听到狗吠的人都迅速站起身，打开房门看。

夜色太浓密了，压根儿看不清福安奔跑的弱小身影，只有它那稚嫩、锐利的悲号撕扯和撞击着沉闷的午夜。到这时，大家才真正注意并回想起这条狗来——它是何时出现在小街上的？是谁派遣它来的？它长什么样子？它为何不去其他地方报信？人们越想越觉得福安的神异。最终人们一致断定，这绝非一条普普通通的狗，它肯定是受神灵指派，来引导大家避祸趋福的。

此时已经是后半夜，祭师的念经声和哭泣声俱已沉寂。待福安的悲号也渐渐沉寂的时候，一场史无前例的暴雨从天而降，冲刷着这条摇摇欲坠的百年老街。给这场暴雨助威的，是震耳欲聋的雷鸣和划破夜空的闪电。经过持续几个小时的暴雨摧打，到黎明时分，小街已然沦为泽国。泥石流顺着小街两边高耸的山体滑下来，掩埋了全街三分之二的房屋。翌日天明，满眼所见都是羊的尸体、猪的尸体、牛的尸体、人的尸体。幸存下来的人都说，要不是那条灵狗的吠叫，提醒很多人当晚都没能入睡，估计会死更多的人和牲畜。

灾难过去后，大家不约而同地在心里感恩这条狗。尤其是先前那些咒骂过它、撵打过它、泼过它热水的人，更是觉出自己罪愆的深重，双手合十地跪在香案前，向福安忏悔，向天地忏悔，向一切被他们平时所忽视过的细小东西忏悔。不但如此，他们重建家园后，每家人都自觉地在门槛前放一个碗，每天都朝碗里放一些食物，等着那条救过他们性命的小狗来吃。或许是为铭记这条小狗的恩情，人们还给它取了一个吉祥而温馨的名字：福安。

福安就这样在人们的细心照顾下慢慢地长大了，它早已是小街上的一个"荣誉居民"。人们每天早晨起床和傍晚回屋，只要看见福安那活蹦乱跳的身影，就证明这一天是安泰和祥瑞的——他们需要倚靠福安才能活得踏实。然而，不知道为什么，就在前不久那个晚霞烧天的黄昏，福安竟无故地失踪了，任由那些爱它、疼它和敬它的人们怎么找都没找到。是它不想或没有能力再继续保护小街上人们的安全吗？也许是，也许不是。再说了，谁又能永久地保护千秋万代的平安和幸福呢？！

猫

　　夕阳的余晖照在木质窗棂上，镀亮了蹲在窗台上那只黄猫的眼睛。这是一只可爱、顽皮和心思过重的猫。它跟主人不知在这间简陋的屋子里，度过了多少个春秋和冬夏。在猫的记忆里，它的主人是一个文弱、腼腆和忧郁的姑娘。天气响晴的日子，她喜欢依着木窗看书。看疲倦了，就抬头望望远方的风景，想一些她那个年龄段的女孩子本不该想的事情。入夜，月光从窗外射进来，满屋子的清辉。姑娘在月色里浅吟低唱。唱乏了，就坐在月亮的清辉里沐浴。若是她那晚兴致高，还会拿出纸和笔来，写上一首只有她能读懂的小诗，献给自己那苦涩的童年、寂寞的青年，以及必将在未来等着她的衰弱的老年。她在做这一切的时候，猫都会安静地守在旁边看着她，像欣赏一个隔世的情人。猫不知道这个姑娘的内心经历了些什么，反正她要比同龄人成熟很多。这成熟的表现，便是姑娘总喜欢双手捧着自己那张如月亮一样圆的脸，趴在窗台上听雨——听雨水在黑夜里的呢喃，听雨水滴落在瓦檐上的呻吟声，听雨水被她吟诵的诗句盗走时的呼救声……假如雨水整夜不停，她就整夜不睡觉。她整夜不睡觉，猫就整夜陪伴着她。她和猫彼此都是对方最信任的朋友。在这个世界上，再也没有什么人或事，值得让她像信任一只猫那样去信任。

猫是她内心的一个秘密，也是她活在人世的一个见证。

若干年前，当她第一次跟这只猫结缘的时候，她就深深地爱上了它。她发誓，今生要与这只猫不离不弃，无论贫穷还是富贵，也无论疾病还是健康。可是现在，这个姑娘的誓言遭遇到了难题和挑战，她明天就要出嫁了——嫁给一个她也许爱也许不爱的男人。这意味着，她将与她挚爱多年的猫分别。只要夕阳收走它最后的光线，夜晚就会来临。过了这个她作为少女的最后夜晚，她就将是别人的女人。她不可能再与猫厮守，也不可能带着猫出嫁——她的未婚夫是个最讨厌猫的人。

猫知道姑娘内心的挣扎和犹豫，不知如何是好。整个下午，她都在屋内徘徊，坐立不安。猫想让她的焦虑减轻一点，心里宁静一点，就故作镇静地蹲在窗台上，让夕阳将它的黄毛染成喜庆的颜色——甚至它还希望夕照能够将它融化掉。只有它消失了，它的主人才能无所牵挂地出嫁。早在半年前，姑娘的父亲就在为她的婚事筹备和张罗，掰着指头数日子。为等待这一天的到来，她父亲的头发都熬白了。他只有这么一个闺女，一直指望着这个闺女来给自己养老送终。倘若他的闺女迟嫁一日，他就可能错过一个过上好日子的机会。姑娘明白父亲心里的想法，猫也明白他的想法——只要姑娘嫁给那个男人，他将在城里获得一套比小街上的破房子好百倍千倍的新房。他病重的老伴也将不会再为巨额的手术费发愁。跟随主人这么多年，猫清楚姑娘的为人，她的纯孝只能让她选择出嫁——她不可能眼睁睁地看着自己的母亲被病魔夺去生命。

这是一个善良又可怜的姑娘。

她坐在屋内的竹椅上，默默地长久地盯着窗台上的猫看。或许是出于内疚，她不敢正视猫的眼睛。夕阳已经完全退去了，窗棂早已被暮色覆盖。那只猫也成了暮色里的一幅剪影。父亲不停地在喊姑娘下楼去吃晚饭，饭后还得收拾明天早上的妆奁。可姑娘实在是没有心思进餐，她的心里乱极了。她一直在想如何安顿好那只猫。她不能让它受到冷落和伤害。她一遍又一遍地告诫自己，如果连自己的猫都安顿不好，又怎么能安顿好自己的父母，怎么能安顿好自己以后的岁月呢？

夜很快就来了。

猫不想再让主人为难和纠结，索性从窗台上跳到生长在窗边的那棵枣树上。那夜的月亮很圆。猫卧在树上，感到从未有过的孤单和失落。但它不愿流露出悲伤。它应该祝福主人。它想抱着树枝安稳地睡一觉，等天亮后，才能精神抖擞地欢送主人出阁。哪曾想，猫一闭上眼，脑中就会跳出那个姑娘在窗前读书、望月、写诗和听雨的身影。它只好睁开眼睛，望着迷蒙的夜色发呆。它很想顺着树干爬到天上去，将那个如姑娘脸庞般的月亮摘下来，送给主人做新婚的镜子——它希望这面"月亮镜"只能照见人间的美和善，把丑和恶永远挡在镜子的背面。

　　猫正要伸腿攀爬，一侧头，却看见主人站在窗前泪流满面地看着它。那泪珠一颗一颗，如金子、如银子、如钻石，在暗夜里闪闪发光。它喵地叫了一声，果断地跳下树，头也不回地朝小街的尽头逃去。猫逃跑后，那扇木窗整晚都没有再合上。站在木窗后面那个姑娘的眼帘也整夜都没再合上。第二天清早，当扎着鲜花的迎亲车辆出现在那扇木窗底下时，新娘却不知去向，唯有她放在窗台上那首写给猫的小诗赫然在目。在场的人都凑过头去，想看看诗到底写的什么内容。只可惜昨夜下过一场泪雨，纸上的字迹已经漫漶不清。

鸟

那只幽灵般的鸟儿又开始鸣叫了。

叫声凄厉、低沉、细长、神秘，仿佛一声声来自远古的钟响，带着岁月的口信和命运的暗示，穿透这条小街上的冷清和寂寞。没有人看到过这只鸟到底长什么样子，它的声音就是它的全部。它有时在早晨的第一缕阳光照临大地时叫，有时在正午的白云飘过屋顶上升起的柴烟时叫，有时在日暮的晚霞染红流水时叫，有时在夜半的月光洒满青石小巷时叫。它每叫一声，小街上的人就会流露出惶恐。鸡会躲在竹笼里不出来，狗会趴在墙角瑟缩成一团，猫会钻进柴草堆中发颤，就连那些年轮不一的树也会发出婆娑声。

一只鸟使一条古街陷入了不祥之境。

曾有一个胆大的人欲将那只鸟捉来砍头示众，他寻着鸟声从街头追到街尾，从地上追到树上，从黄昏追到黎明，却连一片鸟的羽毛都没有看见。他很生气，大骂那只鸟。他站着骂、走着骂、坐着骂、躺着骂，以为这样便可以将那只看不见的鸟驱逐出小街。不料，他的行为越加激怒了那只鸟雀，它开始在叫声里散播预言和咒语——它还用叫声喊遍了小街上每一个人的名字——老人和婴儿的名字；已搬走和未搬走的人的名字；死人和活人的名字。凡是被它点过名又尚且还活着的人，要么会肚子疼，要么会发高烧，要么会莫名地流泪。即使那些曾经住在小街，现在已经搬走多年，在另一个繁华之地安家落户的人，只要被鸟点到姓名，也会白日吃不下饭，夜晚睡不着觉，心里浮起一股想要回小街瞧一瞧、走一走的强烈冲动。至于那些被鸟点到名字的死人呢，要么会变成一阵微风，吹醒小街周围高出篱笆的绿草与红花；要么会变成一阵细雨，润泽守在小街瓦檐与墙基旁落满灰尘的杂树。

　　这一切怪异之事，使那个胆大的追鸟人，在追了七天后终于停止了追捕。他知道，哪怕他追寻到死，也不会捉住这只鸟。这只鸟跟我们平时看到的鸟不一样。它不是从山中飞来，也不是从水边飞来，它来自一个遥远的过去，来自靠记忆活着之人的梦中，来自小街之人的灵魂深处。人们听见的鸟叫声，也并非是鸟在叫，而是小街的石头在叫、墙在叫、树在叫、房子在叫、影子在叫、幻觉在叫、伤逝在叫、生长的和埋葬的在叫……

洞悉这一点，人们的内心坦然了许多。大家不再害怕那只鸟，也不再害怕那只鸟的叫声，人人都把这叫声当作一首"安魂曲"来聆听。尤其是那些日薄西山、行将就木的老人，更是从这鸟声的旋律中，听到某种安详和福祉。

有一个老人，住在小街一间化工厂废弃后改建的房屋里。他老伴已经离开人世。他唯一的儿子跟着媳妇去了陌生的外地。他的牙齿已经掉光，每天只能喝点清水和稀粥过日；他的背已经驼了，那张陈旧、潮湿的木床再也不能将他的脊梁撑直。前不久，他的眼睛也几乎看不见东西，只能看到自己的魂魄在黑夜里飘来荡去。他对一切都不再感兴趣，包括活着本身，但他渴望听到那只鸟的鸣叫。每天早、中、晚，他都渴盼那只鸟能来点他的名。这还不够，他渴望每一分钟，每一秒钟，鸟都能来喊叫他一次。他从那一声声鸟鸣里，听出别人听不出的弦外之音。他说那只鸟之所以挨个点名，并不是要清点人数，也不是要召集大家去干什么，而是在寻找它自己的踪迹和历史。

这是一只死去多年的鸟。它活着的时候，曾蹲在小街的每一棵树上沐浴过春风，站在每一面苍黄的土墙上观赏过日月，躲在每一家院落里偷吃过晒在簸箕里的米粒。它熟悉任何一个人的名字，也熟悉每一户人的喜乐悲欢。只有不停地喊叫这些人的名字，才能使光阴倒转，让它重新活一次。因此，它的每一声叫喊里，都流淌着一份思念，演绎着一个故事，浓缩着一段情缘。老人每回听到鸟叫都会落泪。那只鸟也让他重新活了一次，让他返回到自己的青葱岁月——那些不可复制的美好和挥之不去的苦痛，以及那些被生活浸泡过的坚硬理想和温润热血。也许人到了暮年，都渴望有一只鸟能带着自己飞。飞回生命的起点，也飞向生命的终点。到那个时候，就什么也不用想，只需要静静地闭上眼睛，默默地聆听那只鸟的泣血之啼。听着听着，自己也会变成鸟，向那邈远、无涯和旷阔的世界飞去。

这个老人现在就被鸟驮着在飞。他希望这只鸟只属于他一个人。他也希望这只鸟的叫声只有自己一个人能够听到。为达成这一愿望，他在自己的身体里安放了一个笼子，将那只鸟关进笼内。他想只要鸟不飞出来，小街和小街上剩余的人，就不会像他一样迅速衰老。他发誓，只要他尚存一口气，就会永久地将那只鸟囚禁起来，连同那只鸟的追忆和喊叫。如果有一天他死了，也会让自己的皮囊和骨骼变成埋葬鸟的棺材。唯有如此，他才放心。他绝不允许小街上的任何一个老人，在鸟儿凄厉的鸣叫中带着伤痛离世。

风

风来的时候，她来了，他也来了。他俩手挽着手，在风中走着，一步一徘徊。风是他们的诺言，也是他们的信使。风吹到哪里，他们就追到哪里。风吹到屋檐下，他们就追到屋檐下；风吹到院墙根，他们就追到院墙根。仿佛那每一场风中，都有他们要追讨的债务。小街上住着的每一个人，只要逢到他俩在白日里追风，都会给他们让路。让过路的人心里都清楚，给他俩让路，其实就是给衰老和晚景让路，给活着的尴尬和失去的经历让路，给他人的未来和自己的明天让路。

小街上的人们大多都还记得，几年前那个飘着微雨的阴沉下午，他被一场风莫名其妙地刮跑了记忆——他挂着拐棍，去小街尽头的晒坝上收床单。那床单很有些年头，是他和她结婚时唯一的新婚纪念物。他们年年都会拿出来翻晒，因翻晒的时间太长，床单上的艳红色就变成了暗红色，上面绣的一对鸳鸯也被搓洗掉了羽毛，只剩下一个过去年代的爱情象征。他那天像往常一样，想尽快将床单从竹竿上扯下来转身就走。谁知，他刚走到床单底下，一颗冰凉的雨滴就砸进了他的眼眶——他眼眶里原本就装满了冰凉的东西，雨滴的进入使他眼中的冰凉又增添了一层冰凉。他呆呆地站住，想抬起手将那颗来自天空的雨滴挤出眼眶。这时，那场急遽、恶劣的风便来了。它先是将床单刮到晒坝的墙头上，接着就将他刮倒在地上。他的那根暗黑色雕花拐棍也被摔成两节。在拐棍被折断的那一刹那，他的脑子里发出嗡的一声脆响。他意识到，自己身上的一根骨头碎掉了，他前半生的光阴也碎掉了。但他没有喊疼，沉默着、隐忍着、克制着。他在等待那场风能把刮跑的床单再刮回来，等待那场风能将刮倒的自己再刮站立起来。可他想错了。那场风刮跑了他的一切——床单、拐棍、记忆和活着的喜悦。当有人冒着冷雨将他搀扶起来时，他的眼前一片漆黑。他再也认不出自己生活了大半生的小街，认不出陪伴自己大半生的老伴儿，认不出周围的一切，连同他自己。他成了一个别人眼中熟悉的陌生人。凡遇到有小街上的人跟他打招呼，他都只会点点头，然后又摇摇头，说："你是谁啊？我不认识你。"

　　每每看到他失魂落魄的样子，她的心就会难受。她不知道那个曾经健谈、风趣和乐观的他，到底去了哪里？她深深地怀疑，那场刮跑他记忆的风，一定来自他的前世。一定是他在前世有因缘未了，风才将他的记忆强行押回去，在前世里作彻底的了结。这样想着，她的心里多了几分坦然和淡定。在这个世界上，又有谁不欠自己的前世什么呢？我们今世之所以还能够变成人，大概都是前世设下的一个局，让人在轮回的劫难中，去继续归还前世所欠下的债。人活着的过程，就是还债的过程。今世还不了，那就来世接着还。

他的记忆走了，现在剩下的只有肉体。一个人快要活到入土的年纪，上苍突然借助一场风，将他之前活过的几十年清零，什么都没有留给他。这等于宣告了他一生的无意义——他这辈子都算是白活了。他的得与失，功与过，是与非都不再有人铭记。他活着跟死去没有丝毫分别。但是，这对跟随他大半辈子的老伴儿来说，是不甘心的。她爱过他、恨过他、骂过他、吻过他。他们曾一同承担过风雷和寒潮、闪电和霹雳；也曾一同分享过温馨和浪漫、甜蜜和愉悦。他身上承载过她太多的回忆。如今，他的记忆虽已失去，可她的记忆还在。她不想放弃他。她试图帮助老伴儿将失去的记忆找回来。只有老伴儿的记忆复活了，她的人生也才算是没有白活，才算有意义。他们是一个整体——再狂再猛的风也刮不散的一个整体。

她每天都将那张床单拿给他看。不管什么季节，也不管是早晨或傍晚，中午或下午，只要有风吹起，她就赶紧将床单抱去挂在晒坝上的竹竿上，再返回来牵着老伴儿去收床单。她坚信以这种方式能够将他的记忆唤回来，就像她坚信他们能以顽强的毅力，战胜生活中的各种苦难。

一年又一年，刮过小街那或大或小的风不停地吹着；一岁又一岁，她和他在小街的晒坝与家之间不知疲倦地往返着。看着她痴心不改的样子，小街上的人们都失望了，都不相信她还能将老伴儿的记忆再找回来。就连他们那个在大学里教授人类学的大儿子也不相信；就连他们那个在医院神经内科当医生的二儿子也不相信，就连他们那个靠写诗已经在文学圈赫赫有名的三女儿也不相信。他们统统认为，母亲所默默付出的一切，都将徒劳无功。因为，他们见过太多太多像父亲那样失忆的人。他们不再相信单凭亲情和毅力，可以唤醒一个沉睡多年之人的记忆。

不只是这类事，这个人世间的许多事情，他们都不再相信可以改变，唯独她仍是确凿地相信。每当风来的时候，小街上就会出现两个老人的身影，手挽着手，一步一徘徊地走着——好似从前世走到今世，又从今世走向来世。

烟

黄昏安息着，天就要黑了。

在小街靠近两间瓦房的廊檐下，有人用红色砖头垒起一个简易的灶。那个灶应该是新砌的，还没有煮过太长时间的饭食。因为只有灶门周围的红砖被柴烟熏黑，其余部分的红砖照样红着，跟晚霞的颜色一样红、跟灶火的颜色一样红、跟灶门前那个坐着烧火煮饭的小姑娘的脸蛋一样红。

从相貌上判断，那个小姑娘约莫十余岁光景。上身穿一件黑底上染着红色、蓝色和白色花瓣的棉外套，不仔细看，会误以为她身上爬满了色彩缤纷的蝴蝶呢。倘若真是那样的话，人们真要替这个姑娘感到极大的幸运了。蝴蝶是属于春天的、属于田野的、属于花朵的、属于暖阳的。蝴蝶停留在她身上，就证明蝴蝶所拥有的一切小姑娘也拥有。她也应该拥有，她本就是一只初临人世的小蝴蝶，理应蹁跹在人间的四月天，理应在属于自己的春天里舞蹈，在属于自己的田野上追逐，在属于自己的花朵上流连，在属于自己的暖阳里陶醉。然而，这并非是一个有暖阳照耀和花朵绽放的春季，小姑娘棉外套上那看似蝴蝶的花瓣，也并非真实的蝴蝶。这一切的一切，都只不过是人们的幻想，只不过是人们对那个小姑娘的祝愿。

那么，真实的情况究竟是怎样的呢？真实的情况是——这是冬季的最末一个月份——最末一个月份里最寒冷的一天。那个小姑娘在天快要黑的时候，坐在灶门前点燃第一束火。伴随火光而起的，是一团一团浓白的烟雾。大概是柴草不够干燥的缘故，那烟雾特别呛人。小姑娘一边咳嗽，一边揉眼睛。有泪珠从她的眼眶里滚落出来——她每次烧火煮饭，都有泪珠从眼眶里滚落出来。或许，她生来就有一双被泪水洗涤过的眼睛。只有被泪水洗涤过的眼睛，才能看见灶间的火光，也才能看见生活中的光亮。

她安静而专注地朝灶间添加柴块。越燃越旺的火舌舔着锅底。不多一会儿，那口盖着锅盖的大铁锅里就发出毕毕剥剥的响声。人们都不清楚那口锅里煮着什么，也许是一锅红薯，也许是一锅土豆，也许是一锅稀粥，也许是一锅清水，也许是一锅夜色……

添加几块干柴之后，小姑娘站起身，揭开锅盖看一眼，又拿

云与影

起锅铲朝锅里搅拌几下，就转身快步走进了那扇油漆斑驳的暗红色木门。她刚才坐在灶前烧火的时候，耳朵就一直听见躺在屋内木床上病重的奶奶在咳嗽。她担心奶奶从床上摔下来，或翻身时将手臂露在被子外面，想进屋去瞧瞧，给奶奶倒杯水，缓解一下她的疼痛。她知道奶奶跟她一样，也需要温暖，需要一团火或一束光。

她照顾好奶奶后从屋子里出来，灶间的火苗早已变弱，先前添加的三块木柴有两块都已化成灰烬，而锅里煮着的东西又还差点火候。于是，她重又安静地在灶门前坐下来，继续朝灶间添加柴块。这时，一个年龄比她略小的姑娘，牵着一个年龄更小的男孩出现了。小街上的人们都不陌生，正走来的两个孩子，是那个烧火煮饭的小姑娘的妹妹和弟弟。这三个孩子有个秘密的约定，只要一到煮饭时间，老大就负责留在家中照顾奶奶和煮饭，老二则负责陪着老三玩耍。在三个孩子当中，老二跟老大的感情最为笃厚。老二很心疼姐姐，她心里明白姐姐的苦，老想着能帮助姐姐干点活儿。但她三弟实在太小，刚满三岁。故每当她领着弟弟在小街上游玩时，眼睛总会望向从家门口升腾而起的柴烟遐想——她的遐想既是姐姐的遐想，也是弟弟的遐想。在他们共同的遐想中，那浓白的柴烟随着他们那潮湿、幽暗和伤痛的记忆在打转。转着转着，他们的记忆也便如柴烟一般漫漶了。他们那小小的心忽然感到一阵难受和刺痛。他们真想变成三只相亲相爱、形影不离的蝴蝶，尾随盘旋上升的柴烟而去——去往一个天堂般的世界。在那里，他们将不会看到分离，不会看到孤单，不会看到劳累，不会看到病苦。一切该生长的都在悄然生长，一切该怒放的都在争相怒放，一切该流淌的都在肆意流淌。更难能可贵的是，他们将会享受到父爱和母爱，像别的孩子那样可以撒娇、可以任性、可以偷懒、可以朗笑，而不必再去梦中呼唤他们正在消逝的童年，不必再去望着柴烟期盼朝霞，不必再去冬天里寻觅春天。

那灶间的火再度燃旺起来。大概是饿了，那个最小的男孩拉着二姐的衣襟哇哇大哭，无论怎么哄劝都哄劝不住。屋中奶奶的咳嗽声也越加厉害，好似要将冬日的天空震塌。烧火的小姑娘焦急地看看身旁号啕的弟弟和无助的妹妹，又起身揭开锅盖看看锅中半生不熟的食物，再跑进屋内看看咳嗽咯血的奶奶，她的额头浸出一粒粒豌豆般密集的汗珠。这个既稚气又成熟的小姑娘，每天都是那样的繁忙和劳顿，又每天都是那样的周全和有序。

天彻底黑下来，吞噬掉缭绕不去的柴烟。该隐去的也都隐去了。整条小街上，唯剩下暖红色的灶火前，那三双空洞又迷茫、游离不定又清澈如水的小眼睛在闪动。

光

天大概是亮了。

他平躺在屋内狭窄的木床上，竖起耳朵倾听着屋外的动静。他清楚地知道，又将有人要从小街上搬离。那从黎明起就一直在喧杂、争吵和辩论着的人声，就是搬家人发出的告别声。他太熟悉这种声音了，比他养在隔壁邻居搬走后的破房子里那几只公鸡的啼鸣声还要熟悉。最近几年，他经常听到这种挽歌似的声音——有时是在薄暮时分，有时是在午后时分，有时是在晨曦时分。每一次搬家，都有人哀泣，都有人怒吼。那哀泣的，多半是在小街上住了一辈子的老人。他们不愿意离开，只能用哭泣来表达愤怒和抗拒。而那怒吼的，多半是老人的子女们，他们千方百计，甚至不惜一切代价要将父母带离小街，去往镇上那花费掉他们大半生积蓄购买的商品房居住。在这脆弱的哀泣和强硬的怒吼拉锯战中，没有一次是哀泣战胜了怒吼的。

衰老终归要输给新生，这难道就是所谓的自然规律吗？

他平躺在屋内狭窄的木床上，竖起耳朵倾听着屋外的动静。他在心里暗暗地揣度，这到底是小街上搬走的第多少户人家呢——十五户？二十六户？三十七户？四十八户？他一边数数，一边睁大惺忪的睡眼，盯着挂在墙壁上的一口挂钟和一面镜子看。这两样物件都是他今生最为珍贵的东西，因为它们均出自他年轻时上过班的工厂。工厂就开设在小街上，既生产挂钟，也生产镜子。那些已经从小街上搬走的人，许多都是他曾经的工友。那时，他们每天都在小街繁忙的生活中一同迎着朝阳上班，又一同披着晚霞下班。每个人都过着自适、饱满和舒坦的日子。后来时代变化了，小街一夜之间由热闹变得沉寂，所有工厂也都相继倒闭，那些意气风发的工人们也不得不作鸟兽散。整条街只剩下一片衰败、萧瑟景象。或许是为铭记一段人生岁月和一个时代的消逝吧，每个工人都给自己留下一口挂钟和一面镜子作为纪念。以至几十年过去，如今这批老工人依然习惯通过蒙尘的镜子，来观察自己的衰老和心境的沧桑；依然习惯通过这口老旧的挂钟，来记录光阴的流转和生死的无常。

屋子里太黑暗了。他几次睁大眼睛，看到的还是黑暗——挂钟是黑暗的，挂钟指针指向的时间是黑暗的；镜子是黑暗的，镜子里映照出的晚景是黑暗的。自从他儿子在三天前来动员他搬离小街那天起，他就把门窗关得死死的，不让外面的一丝光线照进屋里来。他想一个人静一静，将自己藏起来，不让光明找到他，也不让儿子找到他。他儿子已经多次义愤填膺地告诉过他，如果他继续保持犟脾气，执意要像守灵一般守着小街，将不再管他的死活。儿子的话让他感到悲凉。他觉得儿子不是不爱他，而是不懂得怎样爱他。他儿子跟所有强行逼迫父母搬离小街的其他晚辈一样，都是爱面子的人，好攀比的人，追求理想生活的人，渴望未来明亮的人。他们以为将父母接到镇上的新居就是尽孝，却不知自从他们将父母接去享福那天起，这些老人们就已经死去——他们的根断了，叶枯了，血流干了。儿女们永远不会明白，新居只是他们的新居，不是父辈们的新居。就像他们永远不会明白，那挂在墙壁上的挂钟和镜子的意义；他们也永远不愿花时间和精力，去了解一条小街的历史，搞清楚自己的来路。也不会对一条小街上曾经存在过的几个工厂感兴趣，更不会对那些工厂里曾经发生过的或悲伤、或欢快、或恼人、或离奇的故事感兴趣。一代人有一代人的生活和记忆，一代人有一代人的烙印和疤痕，一代人有一代人的幸福和创痛。他也深深地知道，年轻人的想法和做法没有错，他们只有将父辈接去身边同住，才不会遭受世人的指责和谩骂，落得一个孝子的好名声。他们也只有将父辈接去身边同住，才能获得一笔搬迁补偿费，让自己的下一辈过上富裕点的生活。他们需要告别黑暗、告别泥泞、告别简陋；他们需要火、需要热、需要光。但他们不知道，即使再明亮的光也照不亮人内心的孤独和黑暗。

他平躺在屋内狭窄的木床上，竖起耳朵倾听着屋外的动静。他听见一个不停地在咳嗽的老人先是在埋怨，继而在哭诉，再接着就是拉东西的货车发动马达的隆隆声。这之后，小街便平静下来。他养在隔壁破屋子里的公鸡，又高亢地啼叫了一声——招魂似的一声。他慢慢地从木床上坐起来，摸黑穿好衣服。这时，他听见那辆开走的货车又折返回来。他以为是那个老人的儿子突然改变了主意，同意让老人继续留在小街居住。可一阵急促的脚步声之后，那辆隆隆响的货车又突突突地开走了。车走的时候，他听见老人的儿子在说："一个破挂钟，有啥稀罕的，还非得嚷着回来取走。"听了这话，他再次怔怔地望着墙壁上的挂钟和镜子出神。

他想，下一个将从小街上离开的人，确凿无疑该是自己了。

影

　　小街上任何一个人都在说，她不是一个人，只是一个影子，在随时随刻地飘荡。天放晴的时候，她在阳光下飘；天降雨的时候，她在雨丝里飘。即便是到了午夜，她也要么在冰冷的月光下飘，要么在浓密的夜色里飘。凡是她出现的地方，都会刮起一阵惊悚和摄魄的风，以至所有人都在躲避她。尤其是那些小孩子们，一到天黑，大人们将绝不允许他们再跨出门槛半步。在成年人的眼中，她实在是阴气太重。如果谁家的小孩子不慎碰见她，那势必就会丢魂儿。

　　若干年前的一天下午，就有一个孩子被她搞丢了魂儿。那个孩子当时正跟另一个孩子，在小街后山的小庙里争抢佛前的供果。那供果是三颗彩色玻璃纸包裹着的糖果，和两个刚从树上摘下不久的橘柑。那两个孩子都还太小，不懂得敬畏庙内那两尊高高在上地端坐着、神情一派威严的菩萨。当他俩同时看到碗里的供果时，都像小猫见了小鱼儿，或蜜蜂见了花朵般扑上去。四只小手死死地抓着那只碗，谁也不松开。一阵推搡之后，那只碗掉在地上，摔成碎片。三颗糖果和两个橘柑也掉在厚厚的香灰里。刹那间，这两个孩子好似猛然长大了，身体内爆发出英雄般的力量。在菩萨的见证下，他们扭打、撕扯、抓挠，把一个小小的寺庙变成了一个大大的战场。几个回合过去，一个孩子骑在另一个孩子身上，正要用牙齿咬身下孩子的耳朵。这时，忽然从寺庙侧边窜出来一个妇女，一把就将那个占上风的孩子提起来扔出了寺庙。从那一刻起，那个被扔出寺庙的孩子就再也找不到回家的路了。他的魂丢了。直到三年以后，那个活在半梦半醒之间的孩子，才勉强认得出自己的爸爸和妈妈。而也是从那一刻起，那个突然闯进寺庙的妇女，遭受到小街上众人的指责、辱骂和拳打脚踢。再后来，她就疯了，变成了一个影子。

变成影子后的她，再也没有人理她，再也没有人跟她说话，加上她天生聋哑和跛足，她实足地成了活在小街上的一个"影子人"。这样过去很长时间，不知是三年还是五年，人们也就差不多将她遗忘了。只有那些胆小的大人，还会时常叮嘱自己家的小孩，提防着影子人的出现。她知道人们提防她、鄙视她、仇恨她，故大多数时间，她都尽量躲在小街末梢的那间破房子里不出来。可她越是不出来，她留给人们的记忆却越深——即使人们遗忘了她这个人，也无法遗忘她的影子。换句话说，她使小街上的每个人都患上了"恐惧后遗症"。

然而，她也并非如传言所说的那么坏，那么令人不安。她骨子里其实是个善良可亲、充满爱和温情的人。能够证明这一点的，是那个一直跟在她身边成长的孩子——那个曾被她从寺庙的战役中拯救出来的孩子。倘若不是因为她，那个孩子或许早在那场战役发生之前就死去了——死在一个寒冷的黄昏下的草堆里。

这事得从头说起。

那是四十年前。那会儿整条小街还相当繁荣。卖菜的、挑担的、剃头的、扯布的、编箩筐的、宰杀牲口的……将街头街尾堵得水泄不通，每一个人都在努力使自己更好地活下去，唯独她却在努力想着如何将自己推向死的河流。由于聋哑和跛足，她在家中没有地位。她父亲去世得早，除母亲心疼她以外，剩下的两个哥哥都嫌弃她。遇到别人欺负她，两个哥哥不但不帮忙，反而熟视无睹地站在旁边呵呵地傻笑，这给她的心理烙下永恒的阴影。她母亲身体不好，怕今后没人操心她的人生，便从她十七岁那年开始，就到处托人替她物色婆家。可直到她母亲病危，也没有一个人看上她。她母亲憋着一口气，最终托人从路旁的草堆里给她捡回一个幼婴，才放心地闭上了眼睛。母亲离世后，她只能与捡来的婴孩相依为命地生活。好在她的脑子不笨，人也勤快，平时靠在小街附近的工厂做零工维持生计。

没有人能够体会她生存的艰难。

她那时给人的唯一印象，是从早到晚都将孩子捆绑在背上，就连从周边来小街赶集的人看了都会摇头叹息。但她爱这个孩子，像她母亲爱她一样。她不能容忍自己的孩子受到哪怕一点点的凌辱。从小到大，她太知道受人凌辱的滋味了——若是内心脆弱的人，压根儿就活不出来。她就这样默默地、坚韧地承受着命运赐予她的压迫和不幸。也正是因为有过这样的经历，才会发生后来在寺庙里她将别人家的孩子扔远的事。那个下午，目睹那样的场面，她的脑子里浮现的全是自己当年受人凌辱时对两个哥哥袖手旁观的愤慨。她跟两个哥哥不一样，她不是一个冷血的人——她的遭遇点燃了她的怒火。

如今，这一切俱已成为往事。那个孩子也早在她爱的滋养下长大成人，并已娶妻生子成了别人的父亲。已为人父的孩子很孝顺，多次请求她跟自己一起生活，让她在晚年里享受人世间的天伦之乐。可她死活不愿意，她说自己已经习惯了做一个影子，习惯了活在别人的诅咒中。但她孩子知道，这都是她的托词。她这样做的真正目的，是不希望她的后代会因为她而感到自卑，在人前抬不起头，不能挺起胸膛做人。事实的确也是如此，就连她的孙子有时都会骂她是个灾星。看来，她这辈子注定该以一个"影子人"的身份，去呵护和守候子孙后代的幸福与辉煌、安康与福乐了。

灯

时间是冷的。

夜也是冷的。

在冷的时间和冷的夜里，只有一盏灯亮着。

那盏灯，是小街夜晚的太阳。正是因为有了它的光照，小街上才多了一个传说、一份慰藉、一种温暖；同样是因为有了它的光照，他也才能抵御和熬过那一个又一个凄清、漫长和孤苦的黑夜。

早在他七岁那年春天，那盏灯就已为他点亮。只是那个时候，他并没有觉得这盏灯有什么意义。对于他已经死去的人生来说，再明亮的灯盏也照不亮笼罩着他的巨大黑暗。他不相信自己能活过那个春天。他从悬崖上摔下去的那一刻起，春天就离他远去了。他失去了双腿，也失去了远方和梦想。他整天被困在一张床上，觉得命运已将自己抛弃。

他一出生，背上就背着一口棺材。

从前跟他玩耍的伙伴儿们全都开始疏远他。有时，他听见他们三五成群地嬉笑着从窗前跑过——或是去放风筝，或是去摘野果，或是去看夕阳，或是去喊山……他都好想从床上爬起来，融入他们的欢乐中去。但痛苦没有让他长出一双翅膀，伤口也没有赋予他奔跑的速度。他一次又一次从床上滚下来，在地上爬来爬去。他多么希望变成一只老鼠，钻进床底下那个深深的洞穴里去，一辈子不要出来。那样，他就可以躲避人世的羞辱和命运的嘲弄。可他没有这样异化自己的机会，他的背后永远有一双眼睛在盯着他。但凡他一有轻生的念头，她母亲就会跑出来制止，并流着泪告诉他："如果你走了，我也没法活。"

他听不进母亲的劝慰，一直在偷偷地寻找埋葬自己的办法。他的床底下，藏着一把生锈的锤子，一把不再锋利的弯刀，一根如血管般纤细的绳子，还藏着一大堆如何利用这些工具埋葬自己的想法——这些想法超出了他的年龄，也超出了他的经验。他母亲早就看穿了他的心思，几乎寸步不离他的左右。白天，她将儿子背去墙根下晒太阳，背去后山上看梨花和桃花，背去河边看鱼儿产卵，背去路旁的柳树林听风吹树响。入夜，她就在儿子床边的桌子上点燃一盏煤油灯，坐在灯下不停地说话——说蜗牛怎样追赶一队偷运粮食的蚂蚁；说一头牛如何摇曳着尾巴走在春阳下的田野上；说一把镰刀与一块金黄稻田的隐喻；说一个头戴草帽的农人为何宁可耽误收割，也要站在麦田里仰望一只飞翔的红蜻蜓……母亲的叙说无疑减轻了他的痛楚。他看见灯光中母亲的影子在墙壁上一晃一晃，很像他七岁之前的梦境。他一直想不明白，母亲的精力为何那么好，每夜都必须要看见他熟睡后，才能终止自己的说话。有无数次，母亲越说他心里越烦躁。他对着母亲怒吼，像狮子对着一头疲惫至极的绵羊。可母亲从不生气，依然露出微笑的脸庞，耐心地继续自己的说话。他奋力用双手支起上半身，一口气将桌子上的煤油灯吹灭，让黑暗将他和母亲，连同母亲的说话声一同覆盖。可他母亲立刻又将吹灭的灯点燃。他旋即又吹灭，母亲旋即又点燃。他再次吹灭，母亲再次点燃。灯点燃后，他母亲仍旧耐心地接着自己的话说，一字也不漏。他躺在床上，故意睁大眼睛，盯着暗黄、明亮和闪烁的灯火，整夜都不睡觉。他母亲也不睡觉，就那样默默地看着他，微笑着，心甘情愿地坐在寒夜里陪他到天亮，说话到天亮，守候到天亮。

一个又一个寒暑过去，他居然在那盏灯的照耀下活到十八岁。但日夜陪伴他、呵护他、心疼他的母亲却迅速地苍老，以至生了病，且病得不轻。她已经没有力气再在黑夜里跟他说话，他也不再需要母亲跟自己说话——他已经走出了自己的困境。这么多年过去，他虽然大多数时间仍是躺在床上生活，但他早已从床上站起来。他找来木头，给自己做了一副拐杖，学会用另外一双腿走路。然而，时不时地，他照样会感到窒息，一种活着的虚无感压迫着他。不过他想，现在母亲需要他，他得好好活着，得每晚也给母亲点一盏灯，得跟她也说说那些她曾经说给自己听的话。他的确做到了。他每晚都拉亮电灯，给母亲喂饭、擦身子、说话。遗憾的是，没过多久，不知是他母亲见儿子太累，还是母亲自己太累，抢走了压在他身上的那口无形的棺材，撒手去了另一个世界。他顿时觉得照亮自己多年的那盏灯熄灭了。他那会儿也才真正感觉到活着的绝望，活着的无意义，比失去双腿时还要无助和茫然。他重又想到床底下藏着的那把锤子，那把弯刀和那根绳子。他匍匐在床前，摸索又摸索，却一样工具都没有找着。他恍然大悟，母亲不仅带走了他的那口棺材，还带走了他试图埋葬自己时使用的锤子、弯刀和绳子。他扔掉双拐，静静地躺在床上，凝望着那盏比多年前的煤油灯更加明亮的电灯，泪流满面。

从那以后，他夜夜都要对着那只灯泡说话。他从冬天说到春天，又从夏天说到秋天。每说一次，那只灯泡的亮度就会增加一点点，整条漆黑的小街也会变亮一点点，他冷寂的心也会温暖一点点。他知道，只要那盏灯亮着，母亲的灵魂就会每晚都准时回家来看他。

火

　　倘若不发生那场大火，小街的每个夜晚都是相同的——月光温柔地照亮铺着青石的路阶，屋顶上的残瓦蒙着一层夜露。风在左右两边的山崖上奔突，惊恐的猫躲在篱笆后面的草窝里哀鸣。伴着猫的哀鸣的，还有三条或五条狗的狂吠。它们的声音极具威慑力，能让在黑夜里醒着的一切胆战心惊。猫和狗，都是小街上的更夫。那些蜷缩在床上的人，只要听见更夫们的叫声，便知道今夜又将是一个平安夜，每个人都可以一觉睡到天明。

　　然而，任何事都不可能一成不变。有时候就连人类都无法保护好人类，又怎能将人类对平安的期许，寄托在那些弱小的动物们身上呢？待小街上的人悟透这个道理，已是在那场大火发生之后了。

　　那是几天前的夜里。

晚饭后，人们照例上床很早。对一条只剩下老人和孩子，再也看不见有人聚集在院坝上仰望星空、谈论雨水和节气、聆听虫鸣和蛙声的寂寞小街来说，不上床睡觉还能干什么呢？那夜一样有温柔的月光，一样有风在山崖上奔突，一样有猫的哀鸣和狗的狂吠。蜷缩在床上的人仍是很快就进入了梦乡。他们在梦里做着各种各样的事情——有人打铁、有人磨刀、有人唱歌、有人放哨；还有人背着小孩在河边洗衣服，或叼着烟杆蹲在大树底下听报告；更有人在跟死去的亲人谈判，在哭喊着跟自己的疼痛和解……这些梦有旧梦，也有新梦。旧梦大多呈黑色、白色和栗色；新梦大多呈粉色、黄色和蓝色。他们就这样在色彩缤纷的梦的包裹中沉睡，而将梦之外的世界统统交给值更的猫和狗去看护。那些猫和狗都十分忠于职守。它们分别在上半夜和下半夜巡逻之后，也都疲倦地睡去——它们已经用声音宣告了当夜的平静和安全。但令猫、狗和人都没有想到的是，就在天快亮的时候，有间老房子失火了，一片火光冲天而起，照亮了整条小街。值更的猫和狗惊慌失措，拼命地叫唤，试图喊醒睡梦中的人们。可那些多彩的梦实在太缠人，任凭猫、狗们喊破了嗓子，也没能将他们从睡梦中催醒。眼看火势越燃越大，猫和狗都被吓慌了，它们从没见过这么大的灾难。它们料定再也拯救不了小街上的人，索性不再声嘶力竭地叫喊，纷纷逃命去了。后来，还是一个起床小解的孩子，看到外面通红的火光，才匆忙叫醒熟睡中的大人们。他们拖着老迈的身躯，拼尽全力去扑火。遗憾他们太力不从心，根本靠不拢边，只能远远地站定，露出恓惶和颓废的表情，看着那间房子慢慢化为灰烬。幸运的是，那房子并未与街上其他房子相连接，而是单独建造在靠河边的一块瘠地上，这才未使火势继续扩散和蔓延，没有造成更大的悲剧。

天在大家的议论和喟叹声中放亮了，小街上到处都落满了暗黑色的焦灰。从县城迟迟赶来的消防车停在废墟前，闪动的红蓝色警示灯让人心悸。消防车后面，是一辆白色警车。它那警报器发出的响声，比消防车的警报声还要嘹亮、还要刺耳。围观的人都屏住呼吸，空气也顿时凝固，仿佛有一出好戏马上就要开场。随后，从警车上走下来两个警官。一番盘问之后，其中一个警官掏出手铐，将藏在人堆里一个双目失明的花甲老人拷走了。那一刻，人们才恍然大悟，昨夜那场大火竟然是那个盲人干的。

警车和消防车开走后，新一轮议论爆发了。人们议论的焦点，自然从老房子转向了那个"盲人纵火犯"。据一个平时跟盲老人走得最近的另一个老人回忆，早在几十年前，他就发现盲老人的异常——他特别怕见到火。就是平时煮饭和点烟时，他都会被火光吓得瑟瑟发抖。于是，人们大胆猜测，他在弱冠之年故意刺瞎自己的双目，大概也跟怕火有关。

事实上也没错，那个盲老人怕火确凿有缘由。

那时，他还只是个孩童。他根本不知道这个世界到底发生了什么事。突然的一天，他那当厂长的父亲被几个魁梧的壮汉给绑走了。他哭着追出去，想把父亲拽回来。可没有人理睬他的咆哮。他看见壮汉们先是将父亲的半边头发剃掉，又在他的脖子上挂一块写着黑字、打着红叉的纸牌子。然后，再将他拖到戏台上，双膝跪下，不停地揍他、捶他和踢他。他觉得父亲是个好人，并没有犯错，想不通那些可恶的人为何要那般对待一个本分人。那天上午，他一直守在戏台下。他以为他们羞辱完父亲后就会放其回家。谁知，当天下午，那几个壮汉又将他奄奄一息的父亲拖到野地里，扒光衣裤，将其周身都抹上稀泥，点燃稻草像烤红薯般慢慢地烘烤。直至将稀泥烤干后，再一块一块地从父亲身上揭下来。整个过程，父亲都在尖叫、呻吟。

当天晚上，他父亲就死掉了。

留给他的，除了悲痛和恐怖，还有一片血似的火光。从那以后，他便开始怕火，几乎夜夜都梦见父亲在火堆中惨叫。

听完那个老人的回忆，小街上的人突然对那个盲老人生出几分怜悯和宽恕。但他们实在想不通，一个因火而患上后遗症的人，又怎么会去纵火呢？而且，他又为啥要在踏上警车时抛下那句话："等着吧，你们谁也别想活着离开这条小街。"

这更是让人百思不得其解。

凳

　　每天向晚时分，他都会坐在小街那条石凳子上，等待黑夜的降临。石凳子旁侧，生长着一棵皂荚树。那棵树已然很老，树干大半边都失去了水分。在他还是个孩子的时候，就喜欢爬到树上去眺望远方。每次爬树，他都能感觉到树的水分在流失。他将这个秘密告诉在树上筑巢的鸟儿，劝它们迁徙到小街后山更加繁茂的树上去定居。可那些鸟儿根本不听他的话，仍旧年年都飞来繁衍子嗣——它们比他还离不开这棵树。

　　几十年过去，现在的他跟那棵皂荚树一样老了，他身体里的水分也已流失，像血液一样流失。他再也爬不上树，对远方也失去了兴趣。他现在唯一能够做到的事情，就是坐在皂荚树下的石凳子上，努力成为一个让时间打不败的"常胜将军"。

大概是他坐的日子太长，以至小街上的人都称呼他为"树中的老人"。树是他的灵魂，他是树的肉身。只要他们靠在一起，时间仿佛就会静止，光阴就会停止流转。他和树都是小街上的孤独者。

孤独者唯有孤独可以依靠。这不是残忍，而是规律和宿命。

不管是树是人还是别的什么，都无法逃脱这规律和宿命，就像孤独无法逃脱孤独的幽禁、围剿和追杀。

那条石凳子见证过树和他在孤独中相互依偎的情景——它是孤独的第三者。仿佛它的存在，本就是为接待树和他的孤独。

向晚的风吹着逐渐来临的夜色。

他坐在石凳上，用拐棍不停地敲击皂荚树的躯干。他每次都是以敲击的方式来替代抚摸。他知道树不会再疼痛，故敲击得十分用力。可从内心来说，他又极其希望树能感知到疼痛。有感知就说明树醒着，还能吸收到水分、空气和阳光，还能感觉到他这个老伙计的存在。如此一来，他的敲击就变成了召唤和祈福。梆梆梆的敲击声擦着夕阳、云朵和晚风，也擦着记忆、年轮和哀悼。敲过一阵之后，他必然会对树展开滔滔不绝的诉说——在他的认识里，这棵皂荚树就是一个处于昏迷状态的病重友人。他企图以回忆往事的方式，来帮助它重新长出绿叶。

他从最遥远的往事讲起。那时候，他还只是小街上一个不谙世事的少年。贫穷使他如一只燕子，只能在黄昏的边沿低低地、孤

雪　松

单地、迷惘地乱飞。他多次挣扎着想像其他鸟雀一样飞高飞远，但他稚嫩的翅膀上总是粘满煤灰和雾水，稍稍振翅，就会撕裂出血滴。他不愿意看到自己的青春被染成红色，在孤苦难耐的时候，就爬到皂荚树上去，用眺望去抵达他在现实中无法抵达的远方。每次上树，他都会摘下一片树叶作为眺望远方的纪念。他房间的那个旧木抽屉里，藏满了大大小小的树叶。遇到阳光明媚的天气，他会手拿那本当时唯一心爱的书，跑去树底下反复而忘我地阅读。他使用的书签就是他摘下的树叶。有时，他读得困倦了，浓浓的睡意征服了他，他就靠在树干上呼呼地打起鼾来。在睡梦中，他看见自己被一张巨大的树叶托着，在苍穹上漫无目的地飞翔。而那从书页里散落出来的密密麻麻的方块字，印满了天空的肚皮。

　　这一幕，被他那干活回家的父亲看到了。他父亲没有文化，一个字都不认识，但却是小街上著名的石匠。他喜欢看儿子捧着书睡着的样子，也心疼儿子被树荫遮蔽住的窘相。那之后不久，他父亲便凿出一条石凳子，安放在皂荚树下面。从此，他也就开始坐在那条石凳子上读书和遐想，顺便聆听树上的鸟鸣，观察树在一年四季中的变化。有一天下午，他竟然清晰地听到皂荚树在嘤嘤地哭泣，哭声跟他那本书中的女主人卖掉女儿时的哭声酷似。他不知如何是好，他从未听见树哭过，心里非常恐慌。他曾将这个发现讲给树上的鸟儿听，讲给刮过树梢的风听，讲给白天的太阳和夜晚的月亮听，可它们都没当回事，将他的诉说当作一个无知孩童的天真谎言。他想给树一点安慰，就天天跑去坐在石凳子上陪着树。哪知道，他这一坐就坐了几十年，把自己从一个年轻小伙坐成了一个耄耋老人。这期间，发生过许多许多的事，他父亲离开了这个世界，他母亲离开了这个世界，他姐姐离开了这个世界，连他弟弟也离开了这个世界。当他在送走一个又一个亲人的时候，他其实也在一天又一天地送走这棵树。

一家人在树底下生活久了，家中的每个成员也都成了树的一部分，都是从树干上长出来的枝丫。因此，一个人的死亡也是一棵树的死亡。

他还在继续着他的回忆。

他企图以回忆的方式，来帮助一棵病重的树生长出绿叶。只是他也已经如树一般老，而他的回忆太多又太漫长，他没有把握能否支撑到将回忆全部讲完的那一刻。他和树都是孤独的。孤独者唯有孤独可以依靠。这不是残忍，而是规律和宿命。讲着讲着，他慢慢地闭上了眼睛，像幼年时坐在石凳子上一样睡着了。

黑夜已经降临。

在他那或许醒来、或许再也不会醒来的梦中，他终于把自己挂在树上，把孤独挂在树上，把死亡挂在树上，把永恒挂在树上。他名副其实成了树中的老人。

椅

那间逼仄、阴暗的房屋坐落在小街戏台的旁侧。

在过去许多年里，随便站在屋中任意一个角落，都可以听到节奏铿锵的锣鼓声和婉转多情的唱戏声。也就是说，住在屋中的人即使不出门，也能感知世态炎凉，体察生、旦、净、末、丑的悲辛。听罢戏，将房屋的后窗打开，还可以一边眺望对面黛色的远山，一边继续聆听窗下河沟里潺湲的流水声。这种闲适而有滋味的日子总是令人怀念和憧憬。只可惜，那座上演过无数悲欢离合故事的戏台早就废弃了，窗下日夜不息地流淌的河水也早已干涸了，如今唯剩下这间老屋，还在挽留着遥远的记忆和易逝的光阴。

或许在许多人眼里，这间房屋原本也并没有什么特别之处。在整条小街上，像这样装满了回忆的老房子还有许多，但问题恰恰也就出在这里。当许多装满回忆的老房子都没人住了，关闭门窗了，唯独这间老房子的门却一年四季都开着。开着也不全开，两扇木门只开一扇，另一扇关着。这致使仍旧住在小街上的人们都在猜测，它只关一扇门到底何故呢？是想挡住些什么吗？想挡住白昼和长夜、日光和月光；还是想挡住时间和冷风、孤独和落寞？

没有人能够猜得透彻。

越是猜不透彻，人们就越是觉得那间老屋子的神秘。因这神秘，凡是从这间老屋子门前路过的人，都习惯性地要扭头朝那半开着的门里瞅。瞅过之后，又都非常失望——那间屋里除摆放着两张旧藤椅外，什么也没有。两张藤椅，其中一张的四条腿上缠满了红布条，另一张的四条腿上缠满了白布条。天光从屋顶上镶嵌的亮瓦照进来，落在两张安静的藤椅上，有一种古旧之美。可极少有人会对这种正在消逝的美生发出兴趣，大家都被繁琐、庸俗、不堪的日常生活裹挟得越来越麻木。只有小街上那几个小孩子，还保持着人性原初的那份天真和好奇。当那些朝门里瞅过后的大人们全都败兴而去时，他们仍旧守在那扇半开着的屋门口，痴痴地凝望着那两张旧藤椅出神，像一群小天使般切地期盼着圣母的降临。他们知道，那两张藤椅会带给他们好运。

早在两年前，他们就开始围着那两张藤椅转了。这几个小孩都坐过那两张藤椅——轮流地坐、翻来覆去地坐。他们坐在藤椅上，好似那位叫溥仪的末代皇帝登基时坐在龙椅上，受到了最高级的礼遇。这将是他们终生难忘的大事。而赐予他们这种待遇的，则是那两张藤椅的主人，也是那间老屋的主人——一个挂着拐棍、脊背伛偻、脸色苍白、眼神充满忧郁的老妇人。这个老妇人性情乖戾，长期一个人生活在这间屋子里。她老伴儿在十年前就已去世。她生育的五个子女也都各自去了他们该去的地方。平常她是基本不出来抛头露面的，要么躲在里屋靠窗的木床上睡觉，要么盘腿坐在木床旁边的蒲团上，对着桌上那尊已被檀香熏得面目模糊的观音像念经。她不是个佛教徒，也不在初一和十五这两天吃素。但她一直坚持念经，年轻时就开始了。她说念经就是积德，可以让自己今后在面对死亡时获得安宁，不那么痛苦，并顺利找到一条通往天国的路。

除非是在孩子们前来光顾的时候，这个老妇人才会从睡眠中醒过来，或者终止她的念经，手拿一串佛珠，拖着迟缓的步子走出来。那无疑是她最高兴和幸福的时分——就连睡眠和诵经也无法给予她的一种祥和感觉。见到孩子们，她照例先坐在一张藤椅上，然后再叫其中一个孩子坐在另一张藤椅上，便像往常一样开始她的讲诉。半个小时过后，她从衣兜里掏出一把糖果，递给藤椅上坐着的孩子作为奖赏。然后，再换另一个孩子坐到藤椅上来，接着听她的讲诉。她讲诉的内容每次都是重复的——无非是一个女人的爱恨、波折、忧伤、失落、疼痛和衰老。这些深奥的内容孩子们全都听不懂，但他们仍然会耐着性子听她的唠叨，因为她奖赏的糖果实在太甜。这个老妇人就这么在孩子们的陪伴下，度过了一个又一个难熬的下午时光。

老妇人想，今生大概可以在孩子们的倾听中终老了。但突然的一天，那些孩子们不知是找到了别的乐趣，还是统统长大了，再也不愿到那间老屋里去接受她的欺骗。老妇人变得不安起来。她再也睡不着觉，诵经的心思也淡了。她每天下午都坐在藤椅上等那几个孩子的到来。她的衣兜里时刻都装满了糖果，却再也没有奖励出去一颗。

也不知这样过了多久，三个月还是半年，有人发现老妇人终于找到了新的听众。它们比那些孩子们更尽职、更忠诚。不但下午去，就连上午它们也甘愿蹲在藤椅上聆听老妇人的讲诉。而且，它们还从不领取奖品。这批新听众，有时是一只小狗、有时是一只小猫——它们在小街上流浪太久，没有家、没有归宿、没有食物。它们都很感激这个老妇人收留了自己，给它们这种卑贱、遭人排挤、受人歧视的小生命一把宽宽大大的交椅。

有了它们后，这个老妇人的诵经声重又响了起来。这间逼仄、阴暗的老屋子也总算是多出了一缕若隐若现的生机。

石

他也许再难实现那个梦想了。

他已经尽力。

从去年夏天到今年冬天，他都在为追逐那个梦想奔波着、劳苦着、焦虑着。他的脚上、肩上、头上都落满了太阳的芒刺和霜雪的颗粒。他的睡眠里、想象里、心灵里也都飘满了叹息的粉末和失望的灰烬。在他活过的几十年光景中，这是从来没有过的事情。他默默地伫立在小街一座垮塌的房屋前，发出一声揪心的浩叹。他搞不清楚，人活一辈子，想要实现一个小小的愿望，为何就那么难呢？

许多许多的人都在嘲笑他——嘲笑他不过只是一个普普通通的石匠，却终年怀揣着一个建筑师的想法。但他不怕嘲笑，也从不将他人的嘲笑放在心上。谁说小人物就不该怀揣梦想？谁说一个石匠就不能建造一座宫殿？况且，他的梦想并不是真要建造一座像故宫那么庞大、那么豪华、那么金碧辉煌的宫殿，而是在他居住的小街上建造一个坚固、隐蔽、永不坍塌的城堡。倘若这个城堡真能建成，他就没有枉做一世石匠，他就可以安心地待在城堡里守住这条小街，并与这个城堡一起成为小街最后的标志和记忆。

看得出，他是一个好石匠。

这条小街上的不少房屋都是他曾经参与建造的。他是一个老实、有职业操守的手艺人。在替任何人家修造房屋的时候，他都当作自己的房屋来修造。他将自己的热情、真诚、信誉全都倾注在一锤一錾上。只要见到经过自己的手敲打出来的石头给他人带去家的温暖，他的内心就会涌起一股巨大的成就感和幸福感。因此，他曾是小街上最受欢迎的人之一，各家各户都记挂着他的恩情。

除建造房屋外，他还替人凿水缸、石磨、凳子和碾盘；也替人凿佛像和墓碑。他对这条小街充满了浓厚的感情。他也见证过这条小街的兴衰。那个时候，他还没有滋生梦想。他每天都太忙，根本没有时间来思考梦想的事。把每一块石头凿好，把每一家人的石工做好，就是他活着的意义。

但时代说变就变，记不得是从哪一年开始，他就再也没有接到过做石工活儿的邀请。谁家的水缸破了，都跑去商店里买塑料桶来替代。石磨和碾盘也再没有人使用，手工豆腐都改成了机器生产。

一夜之间，他沉寂了下来，小街上再也听不到他凿打石头的叮当声。他从小街上走过，也极少有人会主动跟他打招呼。他昔日的辉煌和荣耀，受到的尊敬和爱戴，都随着他那生锈的锤子和錾子成了时代的遗物。只偶尔在有月光的夜晚，他会一个人偷偷地将锤子和錾子拿出来在小街上敲来敲去，像一个过时的打更人。凡听到他敲打出声音的人，没有一个不讨厌他，骂他打扰了小街的宁静和人们的清梦。脾气火爆的人，直接开门朝他泼脏水，扔石子；脾气柔和的人，就背地里唆使狗去咬他、唆使鸡去啄他、唆使猫去挠他。

他拖着凄清的影子走在狭长的街巷上，月亮照着他的身影，也照着他的落寞和孤寂。他没有理会人们的凌辱，默默地敲打着，踽踽地行走着。他敲打出来的响声，原本就不是给那些羞辱他的人听的，而是专门给他曾经凿打出的那些石头听。那些石头，就镶嵌在小街上每户人家的地基里、墙壁上、院落中。

他想念那些石头。

那些承载着他的体温、年岁和美好的石头。

他相信那些石头也一定会想念他，是他将它们从山上劈凿出来，给人遮风挡雨，防贼防盗。他使石头有了被人类高看一眼的价值。可现在不一样了，石头和他都受到了人们的冷落。小街上的人家几乎快要搬空了。即使仍有愿意住在小街生活的人，也都将原来用石头垒砌的旧房子拆掉，从城里运来红砖重建了新房。用红砖建造的房子，那可是比用石头建造的房子漂亮多了。就连石匠本人也都为那些新房着迷，也都想替自己建一座新砖房。他那已经做了砌砖匠的儿子，见他整天萎靡不振的样子，多次劝他也改行去做砌砖匠——那可是比他以前做石匠划算。他们父子之间为此而不断地争吵、赌气、埋怨。他也的确因此而反思过、动摇过、妥协过，但他最终还是选择了做一个守旧的人。他儿子见他冥顽不化，抱残守缺，在去年夏天的一个早晨，决绝地跟随一个建筑队去往远方，至今都没有回来看过他。

也正是他儿子走后，他才产生要建造一个城堡的梦想。他想去将那些曾经辛辛苦苦凿打出、如今却被人们抛弃的石头聚拢起来，统统用于建造城堡。最近一年多时间，他一直在做这件苦差事。他焚膏继晷地如同蚂蚁或蜗牛一样，搬运着那些残损的石头，以至人们一见到他受刑的模样就发笑。但令他十分意外的是，不知是那些石头可怜他已年迈、同情他的受辱，还是明白一个属于石头的时代已然过去，都从他的背上朝地下滚。他每搬运一次，石头就滚落一次。为这事，他还特别去找过那些被他凿成佛像和墓碑的石头，他认为它们是见过生死的，一定会理解他的所作所为。然而，那些佛像前早就断了香火，那些墓碑也早已被荒草掩埋。

他瘫坐在地上，流着眼泪悲哀地想——一个普通石匠的梦想将再也难以实现了。

瓦

　　许多年过去了，他仍收藏着那些记忆——梦一般的记忆。无论是在落日熔金的傍晚，还是在细雨飘窗的夕暮，只要他倚靠着那把黄杨木做的沉重椅子坐下来，叼起那根跟随他大半生的长竹烟杆，不紧不慢地点燃烟锅里的烟叶的时候，那些遥远而缤纷的记忆就会伴随烟草燃烧的红光，和缭绕升腾的烟雾纷至沓来，一层一层又一圈一圈地将他缠绕、包裹和覆盖。

　　长久以来，他都靠这些记忆活着，安度晚年。

　　若非如此，他不知道还能有别的什么方法，可堪告慰他作为一个烧瓦匠的一生。

　　在他的整个生命历程中，至少有三分之二的时光是在跟青瓦打交道，跟小街上的那个瓦窑打交道。烧瓦镀亮了他的前半生，

也镀亮了他前半生的贫穷、苦寂和荒寒。他一直在回想他第一次
烧瓦是什么时候，十岁还是十二岁？他被爷爷和父亲领去瓦窑烧
瓦。那是盛夏时节，知了躲在瓦窑不远处的柏树、桉树和梧桐树
上声嘶力竭地叫。等叫过那几天，它们就会死去。故知了的叫声
既是赞歌，也是哀歌。就在这赞歌和哀歌的双重喧扰中，他看见
赤臂裸膀的爷爷和父亲，正汗流浃背地将一张张已被太阳晒干的
泥瓦坯朝窑里放。那个窑子很大，不但能装下上千张的瓦坯，还
能装下一个家族的梦想。他目不转睛地盯着淡褐色的瓦坯看，
竟意外发现那些瓦坯的颜色，跟他爷爷和父亲肉身的颜色一个
样——瓦坯来自泥土，他的父辈也来自泥土。这个发现让他悲伤。
他觉得人活一辈子，就是一个不断地将泥土变成瓦的过程。他已
经垂老的爷爷是这样，他正在垂老的父亲是这样，他的未来也必
然会是这样。或许在他爷爷和父亲眼中，他本来就是一张未烧的
瓦。他们之所以带他来到窑前，其目的却是要将他这张瓦坯投放
到窑内去进行焚烧、塑形，增加他人生的硬度。于是乎，就在那
个夏天——那个知了唱着赞歌，也唱着哀歌的夏天，他第一次烧
起了窑火，第一次见证了瓦坯如何蜕变成瓦的全过程。

　　许多年过去了，他仍收藏着那些记忆——梦一般的记忆。他
清楚地记得每次瓦烧成后出窑时的情景。窑内熊熊燃烧的大火熄
灭了、冷却了，一张又一张大小均等的青瓦被爷爷和父亲从窑里

取出来，码放在旁边的草坪上。这时，他最喜欢用手指去弹弄那些瓦片，清脆的响声带着火焰的咆哮，可以穿透沉闷、枯索的黄昏，或击退因长时间烧瓦而积聚在体内的困顿和疲乏。待出完窑，爷爷和父亲都累了，安坐在瓦堆上抽烟，彼此不说一句话。夕阳照着他们清癯的面孔和古铜色的脊背，俨然照着两尊刚刚烧制出窑的地藏菩萨。第二天黎明，初升的朝阳甫一照亮大地，那些或挑着筐、或背着篓、或赶着马前来买瓦的人就陆续到达。往往日落时分不到，满草坪的瓦就会被搬得一张不剩。整条小街没有哪户人家的屋顶上没有盖着他们烧出的青瓦，就连其他村镇的人家，也跑来买他们烧制的青瓦去盖房。那些坚硬的瓦替无数人家挡住过骄阳、风雨和霜寒；也替无数人家挡住过贫病、疼痛和忧伤。

他从来以为，他们一家三代都将成为用窑火焚烧日月到老的人，都将成为用窑火替他人送达幸福到老的人。但遗憾的是，时代终究改写了他们烧窑的历史，也到底修正了他日后收藏的记忆。不知是在他爷爷死去的第五年，还是在他父亲死去的第三年，他坚持焚烧的窑火永久地熄灭了。没有人再来买他烧制的青瓦。小街上大部分人家的屋顶都换成了宽大、光滑、美观的琉璃瓦。从那时起，他就开始靠记忆活着。他几乎天天晚上做梦，梦见熊熊的烈火焚烧了房梁，焚烧了大地，焚烧了他爷爷和父亲的遗像。梦醒之后，他将这个反复出现的梦境，告诉给小街上曾使用过他们家瓦的人，劝他们继续使用自己烧的青瓦，且不会收取一分钱。他想以哀告的方式，驱逐纠缠着他的噩梦，并成全他把熄灭的窑火再次点起来。然而，没有人可怜他、同情他。他骂他们全都是些忘恩负义、数典忘祖的家伙。其中只有两个年龄跟他一般大的人，明确表示支持他的想法，却最终又都被这两个人的后代阻止。他深深地觉得，这条小街变了，这条小街上的人也变了，甚至这个世界上一切美好的东西都变了。但他心里又十分清楚，他阻挡不住、也改变不了这个时代变革的洪流。他只是一个过时、年衰、心中尚存几缕旧梦的烧瓦匠。

现在，他只能靠从前的记忆来安度晚年。

无论是细雨飘窗的夕暮，还是落日熔金的傍晚，他都习惯性地在那张黄杨木做的沉重椅子上坐下来，颤抖的手拿着一根长长的竹烟杆，一边吸烟一边梳理他收藏的那些记忆——梦一般的记忆。没有人去打扰他，也没有人去可怜他、同情他。谁也不知道他在那把椅子上坐了多少年。大家唯一知道的是，那把椅子是他祖上传给他爷爷，他爷爷又传给他父亲，他父亲又传给他的。那么，他又该传给谁呢？他的记忆吗？！

他和他的记忆都躺在椅子上睡着了。

他那烟锅里燃烧的烟草熄灭了。

他拿烟杆的手垂了下来。

花

　　这是秋天将尽的一个柔而凉的夜晚。

　　在一座墙体上爬满了绿苔的老旧房子前，坐着几个表情忧郁、哀伤的老妇人。她们都在各自忙碌着——有的叠纸钱、有的糊金银锭、有的扎草鞋。就在当日下午四点钟光景，跟她们同在这条小街上已生活几十年的一个老姐姐去世了，她们都想以自己的方式送她最后一程。挂在屋檐上那只裹着黑灰的灯泡发出银白色的光，那光似乎也在静悄悄地送别亡人。而在这灯光照耀不到的帆布搭起的灵堂内，低沉的螺号声和响亮的锣鼓声正在合唱着哀歌。不时有一条黑狗或一条黄狗在灵堂钻进钻出，想探看人的死亡跟动物的死亡到底有什么不同。

　　夜很快就来临了。

比夜来临得更快的，是那几个忙碌着的老妇人在面对死亡时的恐惧——她们全都知道，过不了多久，自己也必将迎来这样一个悲凉而冷寂的长夜。到那时，不知道还有没有人愿意去送她们最后一程。

死亡的仪式有条不紊地在进行，只有死亡本身躺在死者的体内呼呼大睡——人的死就是死的活。没有人知道死是何时躲到死者体内去的，也许是在她死前的头一年、头三年、头九年；也许是在她活着时的日日夜夜、时时刻刻、分分秒秒。不过，这一切都没人有兴趣去细究，连死者的两个儿子和两个女儿也都没有心思去琢磨与分析。他们只在母亲的遗体前上一炷香，烧两沓纸，磕三个头，就围坐在灵堂外的方桌旁，谈论起跟死亡无关的话题。大女儿在谈她调皮儿子的早恋和耳垂上金光灿灿的耳环；二女儿在谈她夜不归宿的丈夫和瞬息万变的股票行情；大儿子在谈他离婚后的痛苦和鱼虾生意的难做；二儿子在谈他对这个时代的看法和永远无法实现的梦想。他们越谈越起劲、越谈越深入、越谈越遥远，最终把亲人的死期谈成了一个令他们满意的节日。

也不知谈了多久，大概是在低沉的螺号声和响亮的锣鼓声停歇了哀歌时，他们才遽然想起应该谈谈生养他们的母亲。于是，他们又轮流回忆起母亲生前的种种好来。说到动情处，四个孩子都流下了泪滴。可惜这温暖的泪滴，他们的母亲再也看不到了。

待每个人都收了回忆的尾巴，夜色又加深了一层。

他们看看手表，时间还早呢，秋月才在清冷的天空露出一张素洁的圆盘。死也还在死者的体内没有醒来。他们枯坐、忍耐、茫然，一时陷入了沉默。继而有人打起哈欠，有人揉起眼睛，有人玩儿起手机。

死人的夜晚和活人的夜晚同样难熬。

又不知过了多久，那低沉的螺号声和响亮的锣鼓声复又唱起了哀歌。不料这哀歌正好驱散了他们的睡意，再次激发起四个子女滔滔不绝的谈兴。但不知何故，他们这次谁也没谈自己的私事，而是将话题集中在母亲遗留下来的老房子，和为数不多的私房钱的分配问题上。四个人你一句，他一句，争执不休。手足间本该有的谦和、包容、体谅统统不见了踪影。不知道他们死去母亲的灵魂走远没有，能否听到自己含辛茹苦抚养大的孩子们的争吵。

夜色又加深了一层。

他们终至不欢而散。

四股好不容易汇聚一处回到血源的水流，最后仍是从血源变回细水稀里哗啦地流走了。

这是秋天将尽的一个柔而凉的夜晚。

死亡的仪式有条不紊地在进行。从水变成血又从血变成水的细流在流淌着。在这仪式和流淌之外，有一个小姑娘，蹲在一座墙体上爬满了绿苔的老旧房子旁，孤单而焦急地守候着一株花的盛开。那株花树是她奶奶活着时叮嘱她栽下的。自从她父母离婚后，她就一直跟着奶奶生活。奶奶是她在这个世界上最亲密无间的人，每天都不厌其烦地给她煮饭、洗衣，送她上学和接她放学。她穿的衣裳小街上别的小孩子都穿不到，她吃的饭菜小街上别的小孩子都吃不到，她收获的快乐小街上别的小孩子都收获不到，她感受到的幸福小街上别的小孩子都感受不到……

若是不下雨的日落黄昏，人们还会看见她搀扶着奶奶或奶奶牵引着她，在这条悠长而又寂寥的小街上漫步。晚霞染红了她们的背影，也染红了许多人的记忆。她总觉得，奶奶会长久这样呵护她长大，给她的记忆增添更多的斑斓色彩；她也总觉得，自己会长久这样陪伴奶奶到老，给她的晚景增添更多的暖色光晕。可有一天，奶奶突然告诉她，说自己病了，可能要离开她去一个遥远得让她再也找不到的地方。她吓着了，流着泪问奶奶："那要是我想你了怎么办啊？"奶奶沉默片刻后，故意挤出脸上枯萎的笑容说："那你就去房屋旁的空地上种株月月红吧，据说那种花每个月都会开，到时候我就住在花里，你看到花也就看到奶奶了。"

现在，她奶奶真的走了。她再也见不到活着的奶奶。从下午四点钟开始，她就一直守在那株名叫月月红的花树前，希望奶奶能在花中活过来。她奶奶是天底下最守信用的奶奶，绝不会欺骗她。可现在已经是后半夜了，幽寒的月光洒下来，照着她那清瘦、憔悴的脸庞。然而，那月月红却迟迟不肯盛开。等奶奶的葬礼完毕，她就要跟随父亲离开小街，去往一个陌生的地方生活。

小姑娘不死心地默默盯着那株没有花的花树，突然用稚嫩的双手紧紧捧住脸，伤心地痛哭起来。

色

在黄昏，她走着。

走在长长小街的幽寂里，也走在小街两侧房檐垂下来的阴影中。她将昨天的夕阳走成了今天的晚霞，又将今天的往事走成了明天的记忆。

小街上的每个人都熟悉她。

她在春天爱穿绿色的衣裳，夏天爱穿蓝色的衣裳，秋天爱穿黄色的衣裳，冬天爱穿红色的衣裳。她穿着的变化跟随季节而不同。她喜欢丰富的色彩，喜欢将自己打扮成一个看上去富有朝气和活力的人。她希望给小街上所有人留下一个日后永久记得住的形象，而不是要让人想许久，才能依稀浮现在大脑屏上的一个收废品的老妇人样貌。为强化这个愿望，她不但将那辆上门收货时蹬的三轮车涂上了淡青色油漆，还将那把放在车斗里的台秤也刷成了猪肝色。这些缤纷的颜色给了她一种幻想——能将贫困的晚境衬托得明亮，将孤独的灵魂哄骗出温暖的幻想。没有人知道这个老妇人的确切年龄——也许六十岁差一点，也许六十岁多一点。

对一个收废品的迟暮之人来说，谁会去在乎她的年龄呢？别说年龄，就是她的生死，又有谁会去在乎呢？

但这个老妇人到底还是跟其他收废品的人不一样。十多年前，在她第一次拖着一个大大的编织袋，吆喝着从黄昏里走过时，她就引起过其他人的关注。人们关注她，是因为她在回收废品时，老爱说一句话："我只收废品，不收垃圾。"小街上的人都为她说的这句话感到可笑，那些识文断句的人因此给她封了个雅号："废品哲学家"。又过了些年头，当人们渐渐对她这句宣言失去兴趣的时候，她对颜色的迷恋又引起了其他人新的关注。当然，人们关注的焦点肯定不是颜色本身，而是大家都好奇，一个对颜色如此痴迷的人，却为何拥有一个如此惨淡、枯索和苍白的人生呢？

在黄昏，她走着。

这是秋天，她仍旧穿着一件褪色的黄衣裳。

她的白发在晚风中飘。

她蹬三轮车的双腿有些吃力。早在若干年前，她就觉得自己的双腿跟陪伴她的那辆三轮车一样，老了、旧了。寒冷已经钻入她的膝关节，守岁般守护着她的风湿病。她一转一转地踩着车踏子，每踩蹬一圈，三轮车就向前移动一段，她膝关节里的痛就呻吟一声。她不确定能在这个落日黄昏收到什么废品，连续好几个黄昏，她都是空车而归，只收到落日的余晖和黄昏的叹息。

小街上已经没有多少人家居住，卖废品的人自然也就随之减少。偶尔，她还能在几个老卖主手里收到一个漏水的脸盆或炊壶，一个斑驳的火炉或烟筒，一把生锈的铁锤或柴刀，一台蒙尘的电风扇或洗衣机……但今天这几个老卖主都不知到哪里去了，房门紧锁。或许他们是进城帮着儿子带孙子去了吧，她这样猜测。

她的白发在晚风中飘。

她继续吃力地蹬着三轮车在小街上缓行着，三轮车的淡青色和她衣裳的米黄色在夕光下交相辉映。她想像往常一样大声吆喝："收废品啰、收废品啰！"可嘴一张开又迅速合拢，只轻轻地按响三轮车不太响亮的铃铛。按过几次之后，她索性连铃铛也懒得按了——按给谁听呢？她想。按给那只蹲在屋檐上的慵倦的猫听吗？按给尾随她身后的那条寂寞的狗听吗？按给那只飞过小街上空的孤单的鸟儿听吗？忽然，她感到一种失落——已无废品可以回收的失落，艳丽的色彩再也无人欣赏的失落，不清楚下一个黄昏自己将走向哪里的失落。

她预感到这个黄昏又将白忙活了。

她缓缓地掉转车头，朝黄昏西去的方向走。就在她快要转过小街一个拐角时，身后有个低沉而苍老的声音突然喊道："喂，收垃圾的。"她露出欣慰的表情将车蹬到喊话老人身边停稳，恭敬地纠正道："我只收废品，不收垃圾。"那个老人没有理睬她，转身从屋里拿出两支用红布包裹着的钢笔，说："这个多少钱？"她愣住了。自己收了十几年废品，却是第一次回收到钢笔。这个卖笔的老人，是小街上以前供销社的会计。"我不收钢笔，你还有别的废品吗？"她客气地问道。"除开这两支过时的钢笔，就只剩我这把老骨头可以卖了，你要吗？"老人回答。她无奈地笑笑，转身要走。"不要钱，送给你吧！"老人恳切地说。"我不能白要你的东西。"她也恳切地说。"这笔我原打算留给我儿子或孙子用，可他们却像嫌弃我这个糟老头一样嫌弃它们。"老人说完就将两支钢笔放在她的车斗里，进屋掩上了房门。任凭她怎么敲门，老人就是不开。喊话，也不回应。

　　在黄昏，她走着。

　　空荡荡的三轮车载着两支用红布包裹着的钢笔。她想，这个老会计为何要将好好的钢笔赠送给自己呢？她只是个收废品又不是收垃圾的人。况且，这两支钢笔既不是废品，也不是垃圾啊！她没有文化，不识字，也不晓得这两支钢笔曾经写出过多少的日月和春秋、爱恨和生死。

秋　韵

她吃力地蹬着车。

她的白发在晚风中飘。

三轮车每移动一段路，她膝关节里的痛就呻吟一声。

她每天回收着废品，时间和衰老回收着她。一斤一斤地回收、一两一两地回收、一件一件地回收——回收她的皮、回收她的肉、回收她的骨、回收她的肺、回收她的肝、回收她的心、回收她的魂……

煤

  每天清晨，他从木床上惊惧地醒转过来的时候，他的夜晚就来临了。

  他的早晨都是从夜晚开始的。

  他是一个在白天遇见黑暗的人。

  十多年以来，他都习惯了在黑夜里生活。他躲避太阳、躲避白昼、躲避人间、躲避活着本身。除了那个心甘情愿在暗中陪他走一段路的人，再也没有其他人可以走近他、理解他、可怜他。那个人是他的盟友，也是他的难友。认识他俩的人都说，他们是一对孪生兄弟，是一起经历过生死的人。

  他记不住他们相识于哪年哪月。十年前，三十年前，五十年前？不，都不对，应该是在前世，抑或前世的前世也说不定。命运的流转跟光阴的流转一个样，这就好比从表面上看，昨年与今年不一样，今年与明年不一样，但在光阴的旅途中，又有哪一年是不一样的呢？年复一年，昨年也是今年，今年也是明年。人和人的命运亦复如是，在芸芸众生中，每个人的命运看似都不一样，你向东，他向西；你经受白天，他经受黑夜，但在上帝安排和设计的路线图上，又有谁不是走在同一条路上，奔赴同一个目的地呢？故天底下的每一个人都是同一个人。这也即是说，他就是你，你就是他。他们是我们，我们也是他们。这类浅显而又高深的话题，是他俩以前经常都在探讨的话题。

他们并肩走在黑暗深处，看不见前方，也看不见后方。笼罩着他们的，只有深沉的寂静、巨大的恐惧和漫长的孤独。若不探讨一些本该哲学家才去探讨的话题，他们没准就会被窒息而死、压抑而死、郁闷而死。一个哪怕目不识字的白丁，当他在面临生存的绝境时，也都可能成为一个"哲学家"或"思想者"。就像他们俩，没有上过一天学，没有看过一本书，对存在本身的认识却比诸多读书人都要深刻百倍千倍。尤其是对黑暗的认识，对黑暗与光明辩证法的认识，更是让许多文化人汗颜。因为，那些读书人和文化人顶多只是在关注、研究黑暗，而他们却是每时每刻都身处黑暗的内部，成为被他们关注和研究的对象——一个可以给研究者带来名誉和地位、金钱和晋升机会的典型案例。

他们是以黑暗成全别人光明的人。

有时，他们也会探讨一些日常、琐碎和无意义的事情。这种时候，一般都是他俩在黑暗中感到寒冷、战栗和脆弱的时候。一个问另一个："你想你家女人吗？"另一个回答："不想，不想我会来这黑灯瞎火的地方受罪吗？"一个又问："难道你掉入黑暗，纯粹是为你那心爱的女人？"另一个回答："难道你不是吗？"一个沉默半晌，说："不全是。"然后，另一个好奇地追问道："还为谁？"一个又沉默半晌，说："我跟我女人生的两个孩子。"另一个也沉默半晌，继续问道："莫非你就从来没有为过你自己？"一个沉默得更长久，好似有一个世纪那么长。然后，垂头丧气地答道："我哪有自己？""你有自己吗？"一个反问道。"你就是我自己啊。"另一个嘿嘿嘿地笑着回答。那笑声在黑暗中擦出一丝微亮的火花。

他们在黑暗中摸索着、掘进着。

他们是一对盟友，也是一对难友。

若干年来，他们在地心深处发现过不少大地的秘密，这是那些生活在阳光下的人们永远都无法知晓的。他们清楚地知道每一分钟，大地会有多少次心跳；他们清楚地知道地底下究竟埋藏着多少黄金和矿脉，又埋藏着多少植物的骨骼和动物的化石；他们还清楚地知道地底下涌动着多少水源和储藏着多少火焰……

他们摸索着、掘进着。

在这个过程中，最令他俩难忘的，是那些熟识或不熟识的先人们的幽灵——他们有的在落泪、有的在喊疼、有的在狂奔、有的在咨询还阳的事情。这些先人们最关心、最惦念的还是他们的子孙后代，不停地问他们地面上到底已换过多少个甲子？河边的垂柳是否还跟从前一样嫩绿？天空上的云朵是否还跟从前一样洁白？山涧的泉水是否还跟从前一样清澈？旷野上的飞鸟是否还跟从前一样逍遥？草地上的牛羊是否还跟从前一样健硕？遗憾的是，先人们提的这些问题，他们一个都回答不上来。

他们待在黑暗里太久了，地面上的人事和物事，他们全然陌生。

但先人们并没有责怪他们，先人们懂得怜惜和疼爱他们的后嗣子孙。然而，先人们越是没有责怪他们，他们就越是责怪自己。

他们虽然长年生活在黑暗中，却并不愿意当一个不肖子孙。

有一天，他们在黑暗中摸索着、掘进着，心却仍陷于深刻的自责和忏悔状态。就在这时，黑暗中突然爆发出一声巨响，将他们震晕厥过去。他们谁也不知道发生了什么事，以为终于遭受到严厉的惩罚。等他苏醒过来时，自己已经躺在小街一间灰暗、破落、空寂屋子里的木床上了。

从那一刻起，他以为今生再也不用生活于黑暗中，他也以为今生都将每日接受阳光的照耀。可事实并非如其所愿，他每天早晨醒过来，世界依然是黑暗的。他失去了知觉和意识。最重要的是，他失去了陪他在黑暗中挖一段光明的那个人——那个别人眼中的孪生兄弟，他的另一个自己——那个早在十多年前的井下事故中就已经死去的另一个自己。

画

响晴的日子，天空上飘着不多的几朵残云。这残云分明是昨日那场淅沥春雨的旧梦。人有梦，雨也有梦。人的梦落在大地，雨的梦挂在苍穹。

明亮的阳光穿过梦的记忆，将光线洒在小街两旁鱼鳞似的青瓦上——那光线里竟然也藏着雨水的叹息声——旧梦破碎的叹息声。在这青瓦覆盖着的下面，有一堵老旧得积满了煤尘的石灰墙。在这石灰墙的下面，蹲着一个老人和一个小姑娘。老人有一张木刻般皱纹纵深的脸，脸上花白的胡须在光影下晃动着，让人想到秋风中被晚霞染红的玉米须。他在年轻的时候左腿受过伤，这使他蹲一会儿就要站起身来走动两步。他一走动，左侧的身子就会朝下陷，仿佛有一只无形而有力的手，正从地底下伸出来在牵扯他的衣襟。但他不能走太远，只能在那个小姑娘的视线范围内活动。他是小姑娘的守护神。她需要他。有他在，小姑娘才安全、开心和不寂寞。他也乐意陪护着小姑娘。这个姑娘是他前世的一个旧梦，是他旧梦里一个尚未还清的欠债。

人活着不就是一个在追梦与圆梦中不断地欠债和还债的过程吗？

只可惜这人生的奥义，那个小姑娘暂时还悟不透。她太小了，顶多不过五岁或六岁光景。长着一个胖嘟嘟的圆脸蛋，头上扎两条小辫子。倘若只从背面或侧面看去，谁都以为这个孩子必定是快乐、幸福和无忧的。她蹲在地上用彩色粉笔全神贯注地画画的样子，跟一个小天使完全没有两样。但如果你从她的正面看去，又准会发现她的小脸上隐隐地爬满了惆怅、孤单和落寞。

这一点整条小街上的人都有所察觉，只是他们早就习以为常。

试问，凡是留在小街上跟着爷爷和奶奶生活的小孩子，又有哪一个没有这种沮丧的表情呢？这表情跟贫穷一样，是一种遗传。

那么，或许你要质疑，难道贫穷的孩子就没有一点真正的快乐和幸福吗？当然不是。这不，这个蹲在地上画画的小姑娘，此时此刻就拥有真正的快乐和幸福。你从她画在石板上的图案就可以揣度出来，她的快乐出自本心，她的幸福出自本愿。明亮的阳光照在她身上，也照在她画的图案上。那图案是一座歪歪斜斜的房子。房子上有门、有窗、有光、有希望。门和窗对着的，是一条延伸向远方铺着石块的小径。小径左侧是一个小小的池塘。池面上覆满了绿绿的水草和青青的浮萍，水草和浮萍下面，游动着一大一小两条鱼儿。鱼儿荡起的柔波泛起梦的色彩，那色彩也跟水草和浮萍一样，绿绿的，青青的。小径右侧是一片开满了野花的草地，花有白色的花、紫色的花、黄色的花、蓝色的花和橙色的花。在花团簇拥中，躺着两个大人和一个小孩。两个大人各躺一边，小孩躺在大人中间。不用猜，他们是一家人，相亲相爱的一家人、手拉着手的一家人、心连着心的一家人。他们边抬头望天，边谈论着春天的美景，全都沉浸在时间的静谧和祥瑞之中。

老人跛着腿，默默地看着小姑娘在石板上描绘她梦想的杰作。他知道，这幅令人神往和陶醉的画，她已画过很多很多次。

人缺少什么就画什么。

看着看着，老人开始心疼起小姑娘来，也开始心疼起自己来。他曾经也是一个活在梦想中的人，也曾在墙上描绘过自己梦想的杰作。这杰作就印在他身旁那面老旧得积满了煤灰的石灰墙上。

明亮的阳光照着老人沧桑的脸，也照着老人扭曲的回忆。他缓缓地抬起头，看着墙上那幅依然清晰的画作，泪水濡湿了他稀疏的眼睫毛和花白的胡须。

那幅画上是一个伟大的人物——他的天庭是那样饱满，地阁是那样方圆。他高高地挥舞着的手，既能掀起狂风，也能力挽狂澜。老人准确地记得，他当年在画这幅画时，是一个阴天。他站在木楼梯上充满崇敬地一笔一画勾勒，底下围着一大圈屏气凝神地观看的群众。尽管他早就画过太多的宣传画，写过太多的标语。但那天他的心里却涌起从未有过的激动，这不得不使他努力控制住自己拿笔的手不要颤抖，再努力试图将阴天画出万丈光芒来。汗水在他的额头滚动，他的心脏扑通扑通地跳动着，感觉自己正在创造一幅传世之作。

那是他今生最辉煌、最荣耀、最虔诚的时刻。

但令他意外的是，就在他画完最后几笔画时，高度紧张致使他眼前一黑，从梯子上摔下来，跌断了一条腿。从那天起，他笔下人物的光辉亮堂了起来，而他生命的光辉却暗淡了下去。

明亮的阳光照着小姑娘记忆里的梦想，也照着老人梦想里的记忆。他们都是靠梦想活着的人，又都是靠记忆活着的人。梦想无疑总是带着美好、纯洁和温馨，可记忆却总是充满忧伤、残缺和失望。

几个小时过去，时间已经快到中午。小街上可以隐约嗅到不知从谁家飘散出来的炒菜香味。老人举起右手遮住额头，朝天空望望，先前那不多的几朵残云早就消逝得无影无踪。整个天幕上，只有太阳的金线和大片苍青色的蓝。老人牵起小姑娘的手，一瘸一拐地朝小街一端走去。

身后的地面上，印着一幅幻想过后的旧梦似的画作。

缸

　　他怕是活不过这一夜了。

　　他感觉自己轻飘飘的灵魂悬浮在夜的巨大虚空里。可他又并不确知现在到底是黑夜还是白天。自从他深爱着的女人失踪后，他的白天和夜晚就开始颠倒、混淆。他常常在暗夜里看到绿色的太阳，在白日里看到蓝色的月亮。但有一点他很清楚，他现在正躺在自己早已衰败的小酒作坊里。四周飘散出的浓浓酒香诱引着他、迷幻着他、吞噬着他。多年来，他已经习惯了终日沉浸在酒的浓香中。他觉得在这个浑噩的人世间，唯有酒才对他忠诚、不离不弃。酒可以让他忘记活着的愁苦和哀怜，可以让他获得超脱尘世的快感和福乐，可以让他变得没有爱恨和冷暖，还可以让他见到天堂的模样和彼岸的圆满。然而，此刻的他不知道怎么了，他竟然在酒香里嗅到一种死亡的味道——小麦的死亡、玉米的死亡、高粱的死亡、自己的死亡……

秋夜冰冷的月光从破窗外透进来，照在他那张被酒烧得发红、发烫的脸上，也照在作坊里乱七八糟的大小酒缸上。月光与酒香的交融，更使他幻觉丛生——他时而无忧无虑地飘荡在酒的大海上；时而提着酒壶摇摇晃晃地走在小街幽静的陌巷里；时而赤身裸体地泡在密封的高大酒缸内；时而躲在热气腾腾的暗红色酒糟堆中……酒给了他水的冷寂，又给了他火的狂热。在这水与火的缠绵中，在这冷寂与狂热的煎熬中，他呻吟着、叫喊着、痛苦着。他明显地感觉到自己的肉体在破裂，灵魂在飞升。他想挣扎着爬起来，走出这个小作坊，走出酒的包围和命运的桎梏。可试了几次，都没有成功。月光比先前更加明亮，他的意识似乎也清醒了一点。他扭头看看放在墙壁下的几缸陈酒，心里突然涌起难言的哀伤。往事如潮水般袭来，记忆也瞬间复活。他宁静地闭上眼睛，流出两行比月光还要冷的清泪。

那是许多年前了。

他当时已经成年，却整天啥事也不做，对啥事也都提不起兴致。父母将每餐饭煮熟后，若叫他就吃，不叫他就不吃。他每天最热衷于干的事，是跑去小街上看各家各户的公狗和母狗交媾。看完之后，就回来坐在屋檐下发呆或哭泣。父母知道他心里在想什么，但都不说破。他们家太穷，穷得只剩下叹息、争吵和噩梦。他的精神一天比一天萎靡，脾气却一天比一天暴躁。他父母痛恨他，又可怜他，不知如何是好。恰巧那年春季，有部队来小街征兵，父母想送他去军营磨磨脾性，让他做一个有用的人。可就在报名参军的前夜，小街上跑来一个流浪女人。那个女人比他年龄小，没有姓名，没有籍贯。她来自一个遥远而偏僻的小山村。那个小山村里的每一户人家，都比他们家穷多了，连噩梦都不愿意去上门。那天晚上，他没有丝毫犹豫就收留了那个女人，也自此打消了去参军的念头。

有了女人后，他的人生变得空前光明和亮堂，再也不那么颓废和灰暗。他父母的脸色也多出一抹异彩。为不辜负那个女人，他靠在附近的煤矿下过几年井积攒的钱，在小街上开起一个酿酒的小作坊。那也是小街上开办的唯一一个酿酒作坊。那年月，除小孩子和生病的人，小街上的每个人都喝酒。早晨喝、中午喝、晚上喝、睡觉前喝，半夜从床上爬起来小解还要抱着酒瓶喝。每个人都需要酒来解闷、止渴、压惊；都需要酒来安慰和麻醉自己；都需要酒来驱除堆积在体内的荒寒和疼痛。那是一群离了酒就不能活的人。因此，他的小酒作坊刚开业生意就十分红火。他没日没夜地烤酒，他的女人就没日没夜地帮工。短短几年时间，他俩共同把小酒作坊经营得风生水起。名声越来越大，口碑越来越好。

十里八乡的人都跑来他们的作坊打酒。人们将酒打回去，不只给活着的人喝，也给死去的人喝。用好酒祭祀亡人，能让亡人的后辈心安。眼见自己的事业日益兴旺，他和他的女人都感到极大的满足。

他很爱自己的女人，他觉得是这个流浪女人给他带来了家、带来了事业、带来了财运、带来了灯和光、带来了希望和尊严。他经常做最好吃的饭菜给女人吃，买最好看的衣裳给女人穿，他是确凿将自己的女人爱得深入骨髓。但渐渐地，他到底有了新的失落和烦恼。他的女人跟他同床共枕那么多年，都没有给他生个娃来接续香火。他们访遍当地有名望的老中医，仍是未能根治他的锥心之痛。

又过了几年，他的女人居然莫名地失踪了。

那个女人是在一个月夜逃走的，走时不但卷跑了他这些年开酒坊攒下的所有钱，还给他留下一张纸条，说她在老家还有一个丈夫和两个孩子，她日夜都在思念他们，想回去看看。女人走后，他又变得萎靡和颓废起来，整天喝得烂醉如泥，再也没有心思经营小酒作坊。再后来，时代变了，一夜之间，小街上的所有手工业作坊都已萧条，他自然也就再没有堂堂正正和精神抖擞地站立起来。

秋天后半夜的月光一片惨白。

他微微睁开双眼，从漫长的伤痛回忆里走出来。他感到呼吸急促，胸膛里有火在燃烧。他再也不想喝酒。他祈祷着将酒还给粮食、将痛还给爱、将活着还给死亡。他用尽最后一丝力气从地上爬起来，将头伸进了身旁装满酒的酒缸。

磨

那副沉重得被岁月磨损了牙齿的石磨在不停地转动着，发出叹息而悲哀的声音。它的转动将日月拉得很长，也将他和她的身影拉得很长，将他和她的记忆拉得很长，将他和她的生命拉得很长，将他和她的疼痛拉得很长……

他们是这条寂寞小街上的一对夫妻，也是这条寂寞小街上一个手工豆腐作坊里的老板兼伙计。

他们干这一行，已经三十几年了。他们磨出来的豆汁，压出来的豆腐，曾极大地满足了这条小街上人们的口福。毫不夸张地说，小街上各家各户的小孩子，没有哪一个不是吃着他们的手工豆腐长大的；而小街上各家各户的老人，又没有哪一个不是吃了他们的手工豆腐后，才心安地咽下最后一口气的。

在以往那些贫穷的日月里，他们的手工豆腐既祭送着人的死，也催养着人的生。他们那副石磨的旋转就是人生与死的轮回。人们永远都不会忘记，他和她站在石磨前推豆腐的任何一个白天和黑夜。他有节奏且匀速地推动着磨盘，她则配合默契地朝磨眼里灌送清水和泡胀的黄豆，白色的豆汁顺着石磨朝下流淌，四周弥漫出一股持久的淡香。每当这个时候，小街上的老妇人们就会聚集在豆腐作坊对面的屋檐下，观看他们劳作。手里要么拿着针线在纳鞋底或替一件旧衣裳缝纽扣；要么手拿棒针在织毛衣或端着一筛子绿豆在拣选砂粒；要么手拿蒲扇在替身旁熟睡的孙儿驱赶蚊虫；要么什么也不做，就那样安静地坐着，彼此谈论着这辈子都谈论不完、也谈论不清的往事和家事。偶尔，她们也会停下手中的活计或停止彼此的谈论，与作坊里正在推磨的他们闲扯几句，进行必要的情感沟通和互动。他们自然也会礼貌而温和地跟老妇人们展开交流，但也仅仅是嘴上答复，双手绝不会停下工来。他们心里明白，老妇人们真正的用意，是等着喝他们熬出的新鲜豆浆。

因为喝豆浆，他们从来都不收费。

他们的大方给了这群老妇人晚景里简单的快乐和幸福，故老妇人们都很感激他们。有时她们自己喝了豆浆，还不忘给家中的老头子也端一碗去尝鲜。他们也不介意。他和她都觉得，自己也终会有老的一天。人老了，能隔三岔五地喝到一碗新鲜的热豆浆，也算是有福。哪怕喝完豆浆就死去，走到黄泉路上，心也是热的、烫的、暖的。

只有他们理解这些老人们，宽容这些老人们，善待这些老人们。至于那些已经离开小街居住的后人们，永远不会懂得一碗热豆浆对于自己迟暮父母的意义。

但是过了今晚，这些老人们的幸福时光将不会再有。她们再也喝不到新鲜、滚烫，能让她们苍老、冰冷的心暖和的豆浆了。这家在小街上存在几十年的手工豆腐作坊明天就要关闭了，他和她的儿子儿媳在城里开了家卖豆花饭的小餐馆。儿媳怀着他们家的骨肉已有六个月，他和她不得不去城里帮忙照顾儿媳的生活和小餐馆的生意。况且，他们儿子早就在餐馆的招牌上醒目地打上"曾氏祖传手工豆花"的字样，若是他们不去"撑门面"，那小餐馆就很可能招致顾客的唾骂而变得门可罗雀。

尽管，他们都还不太熟悉机器制作豆花那一套程序。他和她也曾跟儿子推心置腹地谈过心，希望他能在餐馆里卖正宗的手工石磨豆花，可这建议遭到儿子的强烈反对。儿子明确告诉他们，他的目的是赚钱，要的是时间和效益。如果采用传统手工磨制豆花，耗工耗时不说，人也累，会延长盈利周期和减少盈利金额。

他们再次给儿子出主意，说假使采取手工磨制豆花，凡是进店消费的顾客，每人均可获赠新鲜豆浆一碗，这样必定会生意兴隆，财源滚滚。他们的儿子生气了，严厉地说："餐馆是我开的，我说了算。"他和她都不再开腔。他们知道，如今没有几对父母能在儿女面前说得起话——父母做牛做马地将儿女抚养成人后，最终儿女回赠给父母的不就是受气、受辱、受剥削和受利用吗？这不，他们儿子不但明天一早就要开车回来将他和她拉走，还要将那副已陪伴他们几十年的石磨也拉走，说是放在餐馆门口招揽顾客。

小街上的老人们都在为手工豆腐作坊即将关闭感到伤悲，也在为长久给他们带来口福和温暖、明天就要离开小街的他和她感到伤悲。他们舍不得手工豆腐作坊，也舍不得他们夫妻俩。午时一过，那些老人们就跑来苦苦央求，渴望他们再最后推一次手工豆腐给他们吃，再最后熬一锅新鲜的豆浆给她们喝。她们有的手里拿着钱、有的手里提着鸡蛋、有的手里捧着珍藏了大半辈子的小礼物。老人们说，她们白喝了几十年的豆浆，这次无论如何都要付一次费，还要送给他们小礼物作纪念。他和她看着一个个衰老、赤诚和质朴的老人，说不出一句话来。良久，才眼含热泪地说："谢谢大家了！豆浆保证让你们吃到新鲜、热乎的，但照旧还是免费。咱们在一起相处几十年，今天不能坏了规矩。"

天色正在向黄昏靠近。

老人们仍像从前一样，聚集在豆腐作坊对面的屋檐下。几十年来，她们第一次什么活也不干，什么话也不说，只专注地默默地观看他们劳作。在她们的观看下，那副沉重得被岁月磨损了牙齿的石磨在不停地转动着，发出叹息而悲哀的声音。

兔

"它弱小的身子裹着白雪。那雪终年不化。雪不化，它体内的寒冷就不化。故我无论在何时见到它，它都蜷缩成一团，瑟瑟发抖。这个世界对它来说，永远是不安全的，时刻潜伏着危险和伤害。它那布满了血丝的红眼睛好像永远在哭泣，因而长久地充满了惊惧和惶恐。就连它那一对长长的耳朵上，也都密布着命运赐予它的透明而血红的丝线。这一切都在暗示、隐喻和象征它是多么可怜。兔子的可怜跟人的可怜一模一样。"

这段裹着成熟、忧伤、同情和生存洞见的话，不大像是出自一个中学生的文笔。倘若她那学富五车、又见多识广的老师在批阅作文时看见，一定又要习惯性地摇摇头，叹叹气，再露出不屑的表情怀疑她是抄袭了。说不定，还会将她叫去办公室，如盯着一只弱小得瑟瑟发抖的兔子一般，让其现场写一篇文章来验证她才华的真实性。即便她当着老师的面，写出比这段文字还要文采斐然和内涵深蕴的文章，也照样会被代表正能量的老师斥责其文字颓废和格调灰暗吧！

她经历过这样一种事，但她从不需要向谁证明自己。

这段文字的的确确就是她写的——在下午的最后一堂语文课上。她也从不介意别人的误会，人本来就在他人的误会中成长。在她生活的这条小街上，有哪一个人没有遭受过他人的误会呢？比如她已经死去的父亲和尚还活着的母亲。

对个人来说，向个人之外的任何人解释误会和证明真伪都将毫无意义，也毫无必要。活着唯有活着本身是真实的、可靠的。至于附着在活着之上的种种，也都跟活着本身无关。所谓清白也好，名誉也好，荣辱也好，都不过是天上的浮云。风一吹，也就散去了，隐踪遁迹。即使仍有那么几朵顽固的残云，没有被风吹散形状，最终也都会变作时间的硬茧和岁月的尘沙，被活着所遗忘，被遗忘所掩埋。

那么，现在就让我们暂时绕过她那带着思痛的文字，回到她和她那兔子活着的真实之中来吧。她在最后一堂课上写出那段话后，就在烦躁的下课铃声中一路小跑地回了家。她那裹着白雪的兔子正在殷切地盼望着她放学呢。要是她不急忙赶回去替它割草料，大概只有死是兔子唯一的下场。

天　柱

她到家后将书包一扔，顾不上看一眼那只兔子，就拿着割草刀、提着竹篮朝小街后面的那块青草地走去。她深知，假如不能先让兔子填饱肚皮，即便向它投去再多怜悯的目光也无济于事。

黄昏的火烧云在天边泛着红光，那光老让她想起母亲平时用来遮住脸面的那块纱巾。这想象中的画面使她割草的手有些颤抖，差一点，就要割破手指。她站直腰身，远远地望着那如血的晚云，一年前发生的那桩惨剧又清晰地浮现在她眼前。

那也是一个火烧云染红天际的傍晚，她勤劳、憨厚的父亲在家中将一根裸露的电线放入嘴里，离开了人间。她父亲之所以这样做，是因为她那常年一个人居住的奶奶在两年前的某天，无故死在家中却没人知晓。几天之后，当他们合力将奶奶僵硬、发臭的尸体抬出来掩埋时，各种流言蜚语也如箭镞般射向他们一家——她父亲成了小街上最臭名昭著的逆子，她母亲成了小街上最忤逆不孝的儿媳。无论白天还是黑夜，他们都没脸在小街上行走，以至她母亲只能时刻用纱巾裹住头颅。她父亲随便走到哪里，背后都有人在指指戳戳，向他吐唾沫。她父亲每晚都会做噩梦，常常在深夜里被吓得魂飞魄散。正是她父亲想极力摆脱和结束这种遭人指责的生活，才终于做出那个大胆的决定，逼自己走向绝路。她父亲走后，母亲更是痛苦不堪，本就背负着忤逆之罪的她又背负上弑夫之罪。人们认为她奶奶和父亲的死，她母亲都负有不可推卸的责任。而她在学校也抬不起头，同学们不但在背后议论她，就是当面也要挖苦她、咒骂她、羞辱她。她没有一个朋友，没有一个亲人——她们母女之间，也像仇人一样，平时都不说话，各自沉浸在各自的悲痛之中不能自拔。从那时起，她就偷偷地养了一只兔子来陪伴自己。夜晚睡不着觉的时候，她就坐在兔笼旁，给兔子讲故事——讲忧伤与彷徨、讲爱与痛、讲罪与罚……

强忍着回忆带来的创伤，她还是在较短时间内就割满了一篮子青草。火烧云也由先前的血红色变成了淡红色。她急匆匆地朝家走，她不想怠慢和委屈了自己心爱的兔子。

兔子和她一样可怜。

兔子的眼睛布满了血丝，她的眼睛也布满了血丝。不只是眼睛，她的记忆也布满了血丝。她需要兔子，兔子也需要她。他们相互温暖、相互善待、相互支撑着度过了漫长的黑夜和持久的恐惧。

她那同样可怜的母亲昨天已经说过，有人给自己介绍了一个男人，如果女儿愿意，她们可以一起傍着那个男人，到一个再也没有人指责的陌生之地去开启新生活。为此，她昨夜想了整整一个晚上。到天亮的时候，她终于拿定主意，等母亲走后，她就继续与那只兔子相依为命，好好地活着。她相信，终有一天，那些指责过她们的人都不会再指责她们。她还相信，暮晚的火烧云终会变成翌日的朝阳冉冉升起在天空。

碗

　　那天中午的光如同刚被河水漂洗过的黄色丝绸，带着水草的气息和鲜明的色泽。在这气息包裹和色泽浸染下的小街荒芜着、透明着、沉寂着。一切的一切都呈现出梦中才有的画面和场景——蓝色在天穹上兀自蓝着，白色在云朵上兀自白着，绿色在树冠上兀自绿着，红色在砖墙上兀自红着，青色在门窗上兀自青着。各种颜色混杂、交织在一起，描绘出一幅绝望抑或是希望的图景。而就在这幅图景之上，出现了一扇什么颜色也没有的木门。木门的边框已经朽坏，门的上半段和下半段都可清晰地看见被蛀虫咬噬出来的小孔。有几条虫子正在小孔里爬进爬出。或许在所有人眼中，这些虫子经年累月地钻出孔洞的目的不过是为了求生。但在虫子的世界里，它们钻孔难道真的仅仅只是为了求生，而不是想探究人类的生存吗？尤其是被那扇木门关闭之人的生存。阳光照不亮那些木门上的小孔，颜色更刷不亮那些小孔内部的黑暗，人们自然也无从知晓那些虫子们的想法。那干脆就让我们跳开颜色和小孔，跳开虫子和虫子的想法，直接推开那扇木门，放阳光和颜色进去，放我们的目光和思绪进去，一起去看看被那扇木门关闭之人的生存吧。

木门推开。

带着水草气息和鲜明色泽的光瞬间扑进屋里。那光想捕捉黑暗，却意外捕捉到自己的影子——那影子也是木门的另一块光。在这不知是光还是光影的笼罩下，安放着一张陈旧的木桌。木桌抽屉上两个圆圆的拉环已然生锈。光射在锈上，光似乎也是锈的，透着暗淡之色。好在木桌的边沿，立着一个印有青花的光洁瓷碗。这个碗不但增添了光的亮度，还使得光在亮度之外多了一种硬度和锐度。没人说得清那个碗放在木桌上已有多长时间，也许是几年前的一个月夜放的，也许是几个月前的一个早晨放的，也许是几天前的一个傍晚放的。但现在是中午时分，有光照亮的中午时分。那个碗在光的照亮下静静地放着，它放着并不是一种摆设，也不是专供那些画家观摩的静物。这条小街上几百年来都没有诞生过一个画家，只诞生过数也数不清的生活家。当然，生活家的生活本就是一幅又一幅画——活生生、血淋淋的画，任凭技艺再高超、知识再丰富、底蕴再深厚的画家也画不出。如此说来，那个碗是用来装东西的。装什么东西呢？这倒没一定。有时它用来装红薯、有时它用来装土豆、有时它用来装青菜、有时它用来装剩饭、有时它用来装白水、有时它用来装药汁……装这些东西干什么呢？还能干什么，不还是给碗旁边坐着的那个老妇人和躺着的那个老头子，以及蹲在他们脚下的那只猫吃吗？

现在是中午时分。

带着水草气息和鲜明色泽的光照着那个碗、照着那个老妇人、照着那个老头子、照着那只猫。又该是吃饭的时候了，那个碗里装着的食物正冒着热气。那个坐着的老妇人仍跟往日一样，穿一件只能在几十年前才能看到的蓝布外套，头上戴一个灰色的毛线帽子，掉光牙齿的嘴蠕动着。俄顷，她慢慢地端起木桌上的碗——这次碗里装的是白生生的米饭，米饭上覆盖着几片莴苣叶子。她用筷子撬起一团饭，靠近漏风、干瘪的嘴吹吹，再慢慢地朝躺着的老头子那同样是漏风、干瘪的嘴里送去。那个老头子大概早已习惯了老妇人的喂食，配合默契地努力张大嘴，轻轻地含住饭粒，一点一点地嚼。他的半边身子已瘫痪，使不上一点劲。两只眼睛也在四年前瞎掉了，看不到一点光。整日都只能躺在由那张长椅改成的床上，平静而凄楚地度着生命最后的日子。

老妇人喂老头子一嘴饭后，就将筷子缩回来，又从碗里撬起一团饭，送给蹲在脚边喵喵地叫着的猫。那只猫也习惯了老妇人的喂食，饭团刚从筷尖上滑落，还未落到地面，它就张嘴接住，囫囵吞下肚。猫是两个老人唯一的爱物。只有它愿意终日陪伴着他俩，不会像他们的儿子那样，嫌他们脏、嫌他们臭、嫌他们麻烦，一年三百六十五天都躲着他们。尽管这样，他们还得在小街上其他人面前撒谎，说自己的儿子最孝顺，经常会回来看他们，还拿钱给他们用。若不这样说，他们怕儿子在外面没脸见人。再不争气的儿子也是自己身上掉下的肉，他们做不出来毁坏儿子名誉的事。待猫也喂过食后，老妇人才从碗里再次撬起一团饭，送入自己嘴里。她每顿都吃得很少，老头子也吃得很少，猫也吃得很少。可吃得再少也得吃。人也好猫也好，只要活着就不能不吃饭。但倘若人到了活着只能吃饭的地步，那他就注定只能无用且没有尊严地活着。

带着水草气息和鲜明色泽的光照着那个碗，也照着靠那个碗装食物活命的人和猫。待他们吃完，那个碗又将被老妇人洗得干干净净地放置在木桌之上，等着去装其他的东西。装其他什么东西呢？这倒没一定。它有时装着白天、有时装着黑夜、有时装着贫穷、有时装着病痛、有时装着尘土、有时装着幽光、有时装着爱恨、有时装着生死……

阶

那是一条迤逦、陡峭的石阶，从小街右侧一直延伸向后山的密林深处。在那一级一级凹凸不平的石阶表面，曾落满过春的花瓣、夏的果实、秋的黄叶、冬的雪花。这也即是说，自有这条古老的石阶以来，从它上面走过的，就不仅仅是人和动物，还有时间和季节，生死和荣枯。小街上的人都不知道这条布满了历史沧桑的石阶是由谁主持修筑的，只依稀听几位老人说，从他们父辈的父辈时起，就有这条石阶了。那几个老人还说，在许久许久以前，后山顶上耸立着一座庙宇。这条石阶就是通往那座庙宇的。庙宇里原本住着两个和尚——一个师兄和一个师弟。

每天固定的时辰，晨钟和暮鼓那响亮而浑厚的声音就会在两山之间久久地回荡，惊起迎着晨曦出林觅食和披着落霞归巢的鸟儿发出阵阵啸鸣，小街上的人们也在这钟鼓声的洗礼中日复一日地创造着、延续着、蓬勃着。那时候大家都认为，有这庙宇的守护和钟鼓声的指引，他们的生活必定会一日比一日红火，他们的人生必定会一季比一季有意义，他们的小街必定会一岁比一岁兴隆。但后来不知道什么原因，也许是师兄和师弟真的意见不合，也许是师兄真的想念他在红尘中的家，竟还俗下山去了。师兄走后，师弟倒也能恪守清规戒律，独自在山顶的庙宇里寂寂地苦修。只是自此以后，那晨钟和暮鼓的声音就再也不如以前响亮和浑厚了，甚至连那些早出晚宿的飞鸟也不再因钟鼓声而发出啸鸣。小街上的人们呢，自然也少了几许生气和活力。这样过了三五年，又不知道什么原因，那守时的钟鼓声突然就消停了，再也没有响起过一次。小街上的人们心里都有数，那个受他们爱戴、顶敬的师弟也下山云游去了。从那时起，后山顶上的庙宇就空寂、败落了，熄灭了香火。以至历经斗转星移和岁月沧桑，现在竟连那座庙宇的遗址都找寻不到了，只留下这条覆满青苔的石阶掩藏在萋萋荒草丛中。

当然，后山上是否真的存在过那座庙宇，也没有确切的史料记载，这不过是那几个老人的记忆。谁能保证有哪一个老人的记忆可靠呢？就连那些锁在档案馆里已写成历史的白纸黑字都可能错谬，又怎能相信几个民间老人毫无根据的记忆？难道他们的记忆就不会长满萋萋荒草？或许他们杜撰出这样一个庙宇的故事，目的只是想为自己单调而落寞的晚景增添一点情趣和色彩罢了。

人活着，总得给自己找点乐子吧，总得编几个故事来哄骗哄骗自己吧。要不然，那该活得多么的苦不堪言啊！

不过，那条石阶倒是真实存在的。

无雨的黄昏或下雾的早晨，都有人喜欢沿着石阶爬上后山去观景。后山是小街的最高处，也是生活在小街上的人一生所能抵达的最高处。他们走在石阶上，就是走在通往人生至高处的路上。在低处生活了一辈子的人，到死都想着朝高处攀爬。尽管他们也不知道那高处到底有什么——有庙宇和香火吗？有晨钟和暮鼓吗？有永恒和福乐吗？每一个踏着石阶爬山的人都这么猜想着。他们在这迷人的猜想中气喘吁吁地攀登着。然而遗憾的是，在这些爬山的人群中，没有一个人到达过山顶——也就是他们人生中可能达到的最高处。那条迤逦、陡峭的石阶给他们设置了太多的路障——或塌方，或裂缝，或松陷，或打滑……总之，这太多的路障致使很多人都只爬到半山腰那个小平台就停止了攀爬。他们习惯了站在半路上远眺夕阳笼罩下的山脉，或仰望被朝阳染红了的山峰，或静观被浓雾包裹下的层林。他们暗暗地想，自己只是一个生活在小街上的底层人，能借助石阶爬到一定高度，看到与低处不一样的风景就算是有眼福了，何必希求那么多呢？

贪婪未必是什么好事情。好风景不是每个人都有机会观赏得到。无疑，他们的这些想法真实而可爱。他们是极易满足的一群人，也是与世无争的一群人。活着本就不易，还能在活着之外看一看风景，那是多么大的命运恩赐啊！

　　也有个别勇气和胆量俱佳的人，他们并不满足于只站在半山腰上看风景，而是想去山顶看一看险峰。于是乎，他们或孤身犯险，或结伴同行，跨过一重又一重路障，艰难地继续沿着石阶爬行。可让他们想不到的是，当他们感觉快要爬到山顶时，石阶却瞬间终止，出现在他们眼前的是一片荆棘密布的繁茂丛林。如果他们继续爬行，势必会被困密林腹地，既找不到上山的路，也找不到下山的路。那样的话，他们冒再大的危险，也终究是不值得。没有人愿意在追求人生制高点的途中迷路或失踪。故这么多年来，仍旧没有一个人登上山顶。

　　渐渐地，小街上的人们登顶的愿望自然也就淡了，沿着石阶爬山早已变成他们强身的方式和生存的娱乐。但是前不久的一天，大家看见石阶上有一个挂着拐棍的人，在孤独而决绝地朝着石阶尽头的密林深处攀爬。西风吹着他孤单的身影和沧桑的灵魂。这个人大家都不认识，却又觉得他就是大家之中任意一个人的化身。大家都用崇敬的目光注视着他——一个真正用生命和信念将石阶变成理想之路的人。

碑

　　阒寂而多梦的子夜知晓他的一切秘密。

　　那秘密是一首哀歌，自寒冷的地底下唱出，摇撼和震颤着他那脆弱的神经。他躺在堆满石碑的工棚中一间冷硬的木床上，翻一个身，又翻一个身。四周一片静寂。有一只躲藏在石碑缝隙里的蟋蟀发出短促而尖利的叫声，那叫声是另一首哀歌，与那首来自地底下的秘密哀歌一道，合力在惊扰和折磨着他那很浅很浅的睡眠。而在工棚和他的睡眠之外，苍白的月光洒满大地。夜风在小街两边的旷野和树枝上乱窜。也许再过十分钟或十五分钟，他就会心悸地从受到干扰的睡眠中醒来。如若不然，那首秘密哀歌就会一直唱到天明。自从他在二十几年前刻出第一块碑文那天晚上起，那首哀歌就没有停止过哀唱。他知道，那哀歌不只是那些长埋在地底下的亡魂唱出来的，也是那一块又一块镌刻着他字迹的石碑唱出来的。在这个世界上，大概也只有他这个小街上的刻碑人，才听到过石头唱出的哀歌。能唱哀歌的石头，跟能唱哀歌的人一样，都会落泪。那每一个工整地刻在石头上的娟秀汉字，就是石头之泪的化石，就是石头之泪的语言和声音，其中寄托着生者对死者无限的哀悼与惋惜。

现在，十五分钟已经过去。他果然在子夜的哀歌声中挣扎着醒来。他睁开双眼，借助透进工棚的清冷月光穿好衣裤，缓缓地下床拉亮电灯。这时，棚内的月光瞬间就被灯光吓跑，从人间返回到夜空。而那刚才还一直在唱着的哀歌也骤然停止，还有那一直在叫个不休的蟋蟀也关闭了它的歌喉。

夜更静了，静得让人有些发慌。

他掏出一支烟点燃，坐在一块石碑上，拿过一张写着碑文的纸看起来。他在天黑前接到一个活儿，替人刻一块碑。他已经有近一年没有接到活儿了。这年头，操办丧事早就有专门的承接公司，做法事、哭灵、抬棺、刻碑、择地、下葬都由公司一包在内，省时省事，谁还会单独去请人手工镌刻一块碑呢？再说，他也老早就不想再干刻碑的手艺。他已经被那些前来请求刻碑之人的哀歌、亡魂的哀歌、石头的哀歌纠缠得坐立不安。刻一块碑，他就与哀歌打一次交道，与死亡打一次交道。他已经厌倦这种塞满了寒意的生活。他想换一个活法，不再去跟涉及死亡的人交涉死亡，不再去跟涉及死亡的日子谈判死亡，而是去听一听比哀歌更婉转、更悠扬、更欢快的健康之歌。但是他的这个想法，最终还是被天黑前来找他的那个人给破坏掉了。

那是一个很特殊的人，也是他的挚友，他不能不满足对方的要求。他们都还是幼童的年龄就彼此熟识，又在一起经历过许许多多的事。即使在那个人整人、人害人、人咬人的年月里，纵然他们头上各自都顶着千斤万斤的压力，也没有互相陷害、检举和揭发，罗织罪名落井下石，置对方于死地。双方都守住了做人的底线、正义、良知和慈善。他欣赏这个人，钦佩这个人。这个人一生都没有求他做过哪怕一件细小的事，唯独这次跑来请他刻碑，他说什么都没有理由拒绝，也不会拒绝。他深刻地知道，如今像这样的人，已经没有几个了，他乐意为正直、有操守和有品德的人刻碑。

但这是个想法古怪的老人——抑或正派的人想法都很古怪吧，还活着就在请人刻碑。这事他还是第一次遇到。不过，他也理解这个挚友，挚友没有后人，早点给自己刻块碑没什么错。待哪天一命呜呼，由其生前嘱托处理后事的人在刻好的碑上填上卒年、卒月即可。这个挚友信得过他刻碑的手艺，还一再请求他亲自写几句碑文，说只有他了解自己，也只有他最适合给自己篆刻碑文。挚友还说人无论生和死，都要把自己交给信得过的人才放心。他被挚友说的话所感动，他坐在灯下正在观看的碑文就是他在天黑时写的，他还在斟酌写准确没有，是否还需要修正。他反复看了看，认为没有问题，才起身拿起锤子和錾子在一块石碑上凿刻起来。

他准备在天亮之前为挚友刻好这块碑。

夜更静也更深了。

在锤子和錾子碰撞出的清脆叮当声中，那支哀歌又唱了起来。他的双手感到一阵颤抖。那哀歌从来都只在他的梦中唱响，为何今夜却从梦中跑出来，在他刻碑的时候响起呢？且歌声比他在梦中听惯的歌声还要响亮得多。他停下锤子和錾子的敲打，俯首帖耳于石碑上，想确切知道那哀歌到底是来自于寒冷的石碑，还是来自寒冷的地底，抑或地底下寒冷的亡魂。他聆听了很长时间，确定那哀歌就是石碑唱出来的无疑。而且，他这次还终于听明白了那哀歌中的秘密——他将无数记载着死的碑文刻入石碑，实则是救活了死，让死继续在人间活着。正是因为这样，他才在夜夜的睡梦中听到哀歌声。

知晓这个秘密之后，他心里顿时释然了许多、轻松了许多。他重新握紧锤子和錾子，平静而毅然地将先前刻在石碑上的几个字铲去。他决定从今夜开始，不再刻下一个字。倘若日后有谁再来找他刻碑，他就只给对方一块"无字碑"——一块既不记述死也不记述活的无字碑，一块让哀歌再也无处发声的无字碑。

锤子和錾子碰撞出的清脆声在长夜里响着，他寂寞的心在这响声里起伏不定。也许再过十分钟或十五分钟，天就该亮了。

晨

　　初升的太阳发出第一束明耀之光的时候，他正躺在小街屋檐下一张暗黄色的竹椅上，跟着那束光不紧不慢地在漫长的回忆里走着。他的回忆是一个深不见底的黑洞，只有穿过那个黑洞，他才能穿过他的前世，迎接新一天的来临。早在太阳升起之前的暗夜，他就已经在苦苦跋涉了——跋涉在此岸的悲苦之路上，那条路上遍布着泥泞、深坑和荆棘。他小心谨慎地走了许久，才终于走到回忆中最后的两个路段。跨过这两段路，那束光就会彻底照亮大地、照亮未来、照亮彼岸、照亮他新的人生。

　　现在，顺着光的指引，他在最后两个路段的第一段路边停下了脚步。他走入一片树林。多年来，这片树林一直在他的回忆里青翠、葳蕤和幽静着。他曾作为一名护林员，在这片林子里消耗过七年光阴。倒不是他有多么喜欢这片林子，实在是他觉得人间太苦，想躲到红尘之外去隐居，就在树林里搭建了一间小木屋，过起了跟露珠和雾岚、虫声和鸟鸣、月光和星光为伴的生活。

每天，他在阳光抚摸树叶和百鸟唱响群山的清晨醒来，走出木屋，伸个懒腰，呼吸清新空气，向陪他过夜的树木问好。做完这必要的仪式，他再返回木屋，煮一碗清淡的野菜果腹。然后，就手拿一把弯刀，肩挎一个水壶，出去转山。直到中午时分，他才慢悠悠地回到木屋，随便吃点东西，美美地睡上一觉。午觉醒来之后，他要么去林间给每一棵不同种类、不同年轮的树命名；要么给缤纷下坠的落叶寻找归宿；要么给活在落叶之下的虫子们扫出一条暗道或挖掘出一条壕沟；要么给受困或生病的鸟雀止血和疗伤。入夜，他照例还会打着手电筒绕着山林转圈——这既是在用微光警示那些伺机盗伐林木的人自重，又是在跟夜幕下的树木和夜间跑出来觅食的动物们道晚安。如果是春季或夏夜，他巡逻后回到木屋，绝不会急着睡觉，而是坐在或躺在木屋外用两块木板拼合成的露台上观察星象，聆听夜的私语和一切天籁之音。若是秋雨淅沥或冬风呼啸的晚上，他就安静地蜷缩在小木屋的被窝里，想些心事和过往的时光——他想自己在军队里服役时的披肝沥胆和雄姿英发；想在战场上杀敌时的冲锋陷阵和死里逃生；也想退役后回到故乡时的凄惶和黯然；想人与人之间、友情与亲情之间的炎凉和冷暖。山林给了他一个世外的桃源，也给了他一个理想的活法。但令他怎么也想不到的是，这片让他像日夜守护和平和生命一样卫护着的山林，却最终毁于一场大火。至于那火是谁放的，他也说不清楚。他每天都守护那么严格，人肯定没有机会跑去放火。那么，难道是飞鸟衔来的火种，抑或是太阳落下的火种？他的确不得而知，小街上的人也不得而知。只是，他后来听到一种传言，说那场大火，是树木自己点燃了自己、焚烧了自己。他不太相信这种传言，但又并非完全不信。他越想越后怕，索性不再去猜想。总之，大火过后，他终日都活在深深的自责和恐惧中——自认为有不可推卸的责任，也因而再也没有回到他那孤独的隐居世界里去。

太阳越升越高，明耀的光也越加明耀。

光的明耀稀释和融化了他凝固的回忆。

他怀着歉疚和落寞的心情走出山林，继续向前苦苦地跋涉。他边走边朝那片山林回眸，想给山林下跪和磕头，以此来为曾经因失火而造成的严重后果赎罪。可他的双膝还未及跪下，忏悔就催促着光指引他来到了那最末的一段路上。在这段路的左侧，他看到一个翠柏森森的墓园。这个墓园他太熟悉了。他知道自己无论如何也绕不开它。他必须走进去，才能终止他的跋涉，爬出他的黑洞、蹚过他的泥泞、迈过他的深坑、铲出他的荆棘、迎接他新的人生。

　　那场大火之后，他没了去处，像一条野狗般在小街上流浪过一段日子，他脆弱的心中塞满了巨大的悔恨。或许正是因为怀着这悔意的缘故，他去那个墓园做了守墓人。墓园的大门正好对着那片被大火焚烧过的后山。每当落日西去霞光染红墓园之际，他都能见到那座山在流出殷红的血迹——树的血迹、草的血迹、花的血迹、鸟的血迹、虫的血迹……他站在墓园前，面向那座山低头默哀。他多想替那些被大火烧死的树、草、花、鸟和虫也建造一个墓园，让它们在死后受到跟人一样的尊重，都有一处安放它们骨殖或灰烬的墓穴，都有一块粗糙的木质或石质的小小墓碑。为实现这个愿望，他一年四季都守在墓园。无论是清明时节还是岁末年初，只要遇到有人来墓园扫墓，他都会耐心地提醒扫墓人，能否也给对面山上那些死去的植物和动物上炷香，并不厌其烦地向来人默念死去的每一棵树的名字、每一根草的名字、每一朵花的名字、每一只鸟的名字、每一条虫的名字——那都是他在做护林员的七年时间里替它们取的名字。然而，没有任何一个扫墓人理睬他。他们能够每年都抽出时间来祭奠亡故的亲人或朋友就不错了，哪还有精力和闲情再去祭奠人之外的其他生灵呢？于是，他的整个暮年都在墓园里一面劝说那些缺少慈悲的扫墓人，一面带着祈祷的心境安抚那些树、草、花、鸟和虫的孤魂。

太阳早已照亮了大地，也照亮了他回忆的黑洞和此岸的悲苦路。他躺在小街屋檐下一张暗黄色的竹椅上，安详地闭上了眼睛。

他到底还是迎来了他新的人生。

午

　　他怀着忐忑和忧戚的心情，从小街上那个只有一位医生的诊所里走出来。正午的天空像一个迷离的梦，在远离人间的高处酝酿着比梦还要虚无的虚无。稀薄的阳光似调匀的蛋黄敷在这虚无之上，也敷在他那神思恍惚的意识之上。他拖着沉重的双腿摇摇晃晃地走着，并不想急于回到家中去，尽管这会儿已经到了吃午饭的时间。他也知道贤惠的妻子早就做好了香喷喷的饭菜，在等着他回去共进午餐。但他的肚子一点都不感觉到饥饿。对于此时此刻的他来说，吃饭已然不再是一件绝顶重要的事情。还有比吃饭更重要的事情在困扰、考验和威逼着他。

　　是什么大不了的事情吗？其实也没什么大不了的事情，不过是等不了多久，他可能就要找不见回家的路了。一个连回家的路都找不见的人，活着还有什么意义呢？还不单单是这样，除找不到回家的路，他可能再也看不见这条小街上的一切人、一切物、一切景和一切颜色了。他即将跟自己熟悉的一切告别——跟雨水和阳光告别；跟抚摸过、长满了岁月瘢痕的旧屋告别；跟蹲在瓦檐下昏昏欲睡的老狗和站在院墙上百无聊赖的幼猫告别；跟朝阳初升时展翅欲飞的小鸟和黄昏降落时风过叶静的树木告别；跟聚在一起眉飞色舞地谈论爱恨的女人和在晚风吹拂下拄着拐棍孤独地走路的老人告别；跟他刷过油漆的一扇扇红色、黄色、蓝色、绿色的木门和木窗告别……一句话，他的双目就要失明了。光明正在迅速离他远去，黑暗正在迅速向他扑来。那个每日都坐在诊所里打瞌睡的医生仔细地给他做过检查，他的双目已不可能再治愈。人患的许多病，都无药可医。况且，他的前半生看了太多本不该看的东西——一条街的盛极而衰，一个时代的风云变幻，一种文明的凋零败落，一代人的歌哭悲欢……这些他都不该看。谁看谁就会患眼疾，谁看谁就会目盲。

他已经后悔了。但光后悔有什么用呢？如果后悔有用的话，那这个世界上无数人都能通过后悔获得他人的宽宥，并进而昂首挺胸地走入各自人生的彼岸和天堂。不过，他到底还是一个善良、质朴和本分的油漆匠。虽然文化层次不高，却也懂得去反省自己、谴责自己，对自己过往做错的种种事情生出悔恨之心。而丝毫不像有些高素质、高学历，又有着迷人的外面、殷实的家底、光鲜的职业和崇高的地位之人那样，做错事打死都不承认。非但不承认，还要极力掩盖自己的劣迹，将责任硬生生嫁祸在比自己卑微之人的头上，让他人去当替罪羊。事后，还要得意洋洋地四处炫耀，心安理得地八方宣扬。像这种伪贵族和伪道德式的人，又哪有一丝一毫的后悔之心和自责之心呢？然而倒也奇怪，恰恰是这类人，他们过得比谁都好，既不担心生病，又不忧虑贫穷，仿佛这个宇宙间的光耀都是因为他们才得以明亮和暖热的。

他继续拖着沉重的双腿摇摇晃晃地走着。他只是一个双目快要失明的油漆匠。他不会去埋怨这个社会，也不会去埋怨那些生活比他过得好的人。他活了大半辈子，从来不会诅咒命运，也不会诅咒他人。即使他在一分钟之后或一秒钟之后就要失明，他也会默默地承受这个残酷的事实。这一切都是他自己造成的。

从过去的几十年间直到如今，他都只知道不分白天黑夜地刷漆——在太阳下刷、在月亮下刷、在笑声里刷、在哭声里刷、在现实中刷、在梦想中刷……他没有任何别的办法，唯有通过父亲生前教给他的刷漆手艺来修补自己那风雨飘摇的家。

他的家是整条小街上最没有色彩的家庭之一。

他母亲已年过古稀，常年生病，天天都躺在家中的木床上喊疼。他的两个儿子，一个在几年前跑到异乡的小镇，去给一户做辣椒酱生意的人家当了上门女婿；另一个终年游走在城市的边缘，

金 风

连他和妻子都不清楚孩子到底在干什么。听儿子自己说，他一会儿在新疆采摘棉花，一会儿在草原放牧牛羊，一会儿在金沙江淘洗沙子，一会儿在贵州的深山里放炮。这两个儿子，他已经多年没有见过面，心里无时无刻不在思念他们。有时在刷漆的时候，他刷着刷着就会在门板或墙壁上刷出两个儿子的头像。他也不知道为什么，出现在门板或墙壁上的儿子总在流泪。要是他那天刷的是红油漆，儿子流的就是红色的泪；要是他那天刷的是白油漆，儿子流的就是白色的泪。儿子哭，他也准会哭。于是，他总是怠工，一个人躲到旁侧去，不让人看见他的泪。他的悔恨就是这么来的。他觉得对不住请他刷漆的人，人家花钱雇他干活，他领钱救活自己和家人，却未能尽职尽责，让人家遭受了损失，这让他的良心极度不安。他笃定地认为，自己的眼疾全是这些事实的报应，却从没想过油漆本就是有害的物质，加之他的眼睛在他还很年轻的时候就受过重创。

正午的天空像一个迷离的梦境，而他努力地睁大眼睛所能看见的，只是比梦境还要虚无的虚无。他拖着沉重的双腿摇摇晃晃地走着。他想趁现在眼睛还没有失明，应该赶紧去跟小街上那些雇他做过工的人家道歉。不然，以后就没有机会了。可走着走着，他突然想到自己替那么多的人刷亮过门窗和墙壁，却为何独独刷不亮自己的眼睛，刷不亮自己的人生呢？

昏

　　落日正在去往西方的路上。

　　他尾随黄昏转过小街的一个墙角，晚风远远地将落日的脚步声传回，与他的脚步声融合在一起，发出空寂的橐橐之响。他领着小白安静地走着，像落日一样安静地走着。他渴望听见小白能对自己说点什么，可小白始终冷冰冰地沉默着，视他如陌生人。他在心中暗自揣测，为何大白在的时候，小白那么伶牙俐齿，大白一走，小白就成哑巴了呢？难道现今真的是连亲人间说话也得看人吗？他心中多少有些不快和不安。

　　小白和大白都是他的孙子。他们担心他长年一个人住在小街上寂寞，早就承诺等放暑假就回来陪他两个月。可他们这才回来几天时间，大白就抛下他而去，说是要出去勤工俭学，挣下一学期的学费。大白走时，谆谆嘱咐小白，由他来兑现他们当初对爷爷的承诺。他毕竟还小，生活的重担暂时还无需他去操心。小白当着大白的面发誓，一定陪伴好爷爷，天天逗他开心，给他谈人生、谈阴阳、谈冰火、谈黑白、谈动静……总之，只要是爷爷想听的，他都能给予满足。但大白这才走了不到半天时间，小白就变了。他在大白面前立下的誓言，全都成了过期的票根。他懊恼地领着小白在街上走着。他想，既然小白不张口讲一句话，那他就主动讲，他要将自己酝酿多年准备讲给大白听的话统统讲给小白听。虽然小白年纪尚幼，毕竟还是能够听懂他讲的那些话。况且，两个都是他的孙子，讲给谁听不是听呢？

落日正在去往西方的路上。

他领着小白转过小街的一个墙角。他的记忆瞬间被激活。他觉得自己今生的世界就是一个逼仄而阴暗的角落。他躲在角落里，纺着回忆的线。那线越纺越粗、越纺越长、越纺越旧。纺着纺着，他情不自禁地跟小白滔滔不绝地讲起来："你知道吗，五年前，我曾在这个角落里丢失了一个夜晚。那个夜晚没有月光，也没有星光，只有黑黢黢的我和黑黢黢的恐惧。你哥哥大白那夜回来告诉我，他不想念书了，也不再有理想。他整个人都变得灰颓，还说自己很压抑、很忧郁。他在外面没有任何依靠，也没有人关心他的冷暖和死活，觉得人生一点意思都没有。他回来就是想再看我一眼，告个别。我不想大白出事，那个夜晚，他一直在小街上走来走去。我就一直躲在这个角落里，观察他的举动。也许是他听到我在黑夜里的咳嗽声，知道我在悄悄地紧跟着他吧，他才在天快亮时，怀着被夜露濡湿的心绪回屋。"

落日正在去往西方的路上。

他躲在角落里静静地讲着，小白面无表情地静静地听着。"你知道吗，十年前，我曾在这个角落里丢失了一个白天。那个白天没有阳光，也没有流云，天灰扑扑的，跟我那天的心情一样。你哥哥大白在小街上被几个大人追着打。他们说大白揍了他们家的小孩，见了血，他们要复仇。那次的确是大白先动手，那几个孩子骂你哥哥是野种，没爹没娘，活得跟野狗无异。大白受了屈辱，怒火之下从地上捡起一根生锈的铁棍，朝几个孩子的头上打去，酿成祸端。我只有陪他躲到角落里，给他些抚慰。我在小街上也是个说不起话的人，经常遭人欺负，不躲还能怎么办呢？"

落日正在去往西方的路上。

他和小白躲在角落里，面面相觑。"你知道吗，十五年前，我曾在这个角落里丢失了一个梦想。其实也谈不上是梦想。像我这种人，哪有资格配谈梦想呢？那会儿还没有你呢，你哥哥大白也还小。有热心人要给我介绍一个伴儿，我们约好了那天见面。我的心情无比激动，一大早就爬起床，将自己打扮得精精神神。

可当对方走到小街入口时，我却突然改变了主意，跑到角落里藏起来。这一藏，竟然把自己一生的因缘都错过了。要不然，你和大白就会有个心疼你们的奶奶。不过，这样也挺好，要是那时我当真结婚，说不定大白比现在还要苦，还要遭罪呢。"

落日正在去往西方的路上。

他越讲越兴致勃勃，好似不把憋在心里的话全都讲出来，黄昏就不会过去，落日也会永久地走在路上而抵达不了西方。所幸小白的耐心很好，他虽然只是听着而不发一言，但也不反感爷爷的唠叨——这估计是他认为还是不能辜负哥哥大白的信任吧。在小白的心里，大白对他的恩情胜过任何人。他俩不是亲兄弟，却胜似亲兄弟。爷爷见小白洗耳恭听的模样，继续津津有味地讲道："你知道吗，二十年前，我曾在这个角落里丢了魂……"小白呆呆地望着他，正在等着听他接下去的讲诉。可他却猛然间低泣起来，再也讲不下去。这事跟大白无关，却是最令他伤心的往事。小白不知道如何是好，没有安慰人的经验，仍旧那样呆呆地望着他，像爷爷呆呆地望着正在去往西方路上的落日。

天就要黑了。

他开始领着小白朝家走，长长的巷道里重又发出空寂的橐橐之响。也许他回家之后，很快就会变成另一个落日，跟随天上的落日一起走在去往西方的路上。"你会陪我一起去吗？"他问身旁的小白。

小白仍是沉默不语。

小白是大白领回来专门陪伴他的一个电已耗尽的"智能机器人"，机器人怎么会陪他去往西方呢？

他真是老糊涂了。

夜

四月是最残忍的月份。

夹在仲春与暮春之间的风是一个流浪汉，彷徨无所归依地吹拂着。夜早就暗淡下去了，整条小街上没有一个人影，连一只猫和一条狗的影子也没有。他们好似都被四月藏匿了起来，或引领着去了另一个月份——要么更加温暖，要么更加寒冷的月份。但在小街中段有一条狭窄小巷延伸向郊野的地方，坐落着一个篱笆小院。小院的柴门左边爬满了黄色的迎春花，右边爬满了红色的三角梅。透过黄色和红色的花簇看进去，屋内有一盏灯发出暖暖的光芒。在暖光的照耀下，有一个中年妇女坐在靠窗的桌子旁犹豫着、沉思着、惝恍着。下垂的黑发遮住了她额头的皱纹，也遮住了她两颊呈现出来的忧伤。天黑之前，她就在思忖，到底明早要不要去。要是去，她怕自己心理会崩溃，情感会塌陷，精神也会再度遭受强烈的刺激。要是不去，她会过不了自己良心这道坎，会被自责和悔恨折磨得生不如死。此时的夜静得没有一丝声响。夜越静，她的忧思就越活跃。一阵风过，从院外送入一丝丝花的淡香。她目不转睛地盯着桌面上的那张照片看，边看边摩挲。忽然，有两滴清泪从她的眼眶里滚落出来，掉在照片上那个忧郁的小姑娘甜甜的酒窝里。

那个小姑娘，只有十二岁，是她今生唯一的女儿。但非常不幸，这个姑娘一出生，她父亲就不喜欢她，她爷爷和奶奶也不喜欢她。他们宁可给家里的鸡和鸭好吃的，也不愿意给这个姑娘好吃的。她成了这个并不富裕家庭中的多余人。爷爷骂她是畜生，奶奶骂她该死的。她爸爸倒是不骂她，只用树枝或竹枝抽打她。经常，可以看到小姑娘的屁股上、后背上、双臂上、脖颈上、粉脸上都印有瘀斑和血痕。

大概从小姑娘三岁起，她就害怕这个家——她怕家里的乌云和闪电、怕家里的雷霆和风暴、怕家里的恶魔和凶煞、怕家里的傲慢和偏见。平常除了跟妈妈说话外，她都缄口不语，远远地躲到家之外的角落里去玩。她最信赖的伙伴，是爬在小街石壁上的蚂蚁和蜗牛，是生长在柴门两侧的迎春花和三角梅。趁大人们都不在家的时候，她就端一张凳子，坐在院门口静静地陪着花，也让花陪着自己。她很希望自己也能成为一朵花，那样，她就会拥有属于自己的时令、自己的季节、自己的灿烂——哪怕这灿烂是那样的短暂和易逝。

当她长到六七岁的时候，她每天都被奶奶押着做家务——洗碗、洗衣服、扫地、择菜……若是她手脚过慢，或是洗不干净东西，必会遭受奶奶的臭骂。她奶奶身子骨虚，一动怒就气喘、头晕。这时，她父亲就会不分青红皂白地打她，朝死里打。她母亲见她父亲蛮不讲理，总要咆哮着跟丈夫拼命，竭尽全力将女儿从他的魔掌下拯救出来。可每次她母亲也少不了跟着女儿挨一顿毒打。事后，这对母女只能紧紧地相拥着哭泣。

小姑娘心里明白，她父亲迫切想要母亲给他生个儿子。这也是她爷爷和奶奶的迫切愿望。她母亲严正地警告过她父亲，如果待女儿不好，这辈子休想再让她生育孩子。她母亲还说，自己不是生育工具，女人也是人，不是猪、不是狗、不是牛、不是羊。母亲的话愈加激怒了她父亲。每日夜里，小姑娘都会听见父母的争吵声从他们睡觉的房间里传出来。她多次看到母亲蓬头垢面地从黑夜里跑出来，站在月光下的院坝里嘤嘤地哭泣。那个时候，她也多么希望母亲能成为柴门上的一朵迎春花或三角梅。她觉得做花比做人好。虽然花也会遭受风吹雨打，但花的世界里有爱和温情。一朵花与另一朵花之间不会互相侵犯和伤害，它们和平相处，各开各的颜色，各发各的芳香，却又共同抵御寂夜里的寒冷，共同迎接旭日的初升。

当小姑娘在暴力中长到十岁或十二岁的时候，她发现母亲也在父亲的蹂躏中苍老了。她像母亲心疼自己一样心疼母亲。有一天，她偷偷地央求母亲，带她一同逃离这个家，逃离十多年来笼罩着她们的恐惧、羞辱和歧视。哪怕她们浪迹天涯，或死在乞讨的路上，也比困在这个牢狱式的家里强。至少她们是为争取光明和自由而死。谁知母女俩在谈话时，她父亲就站在柴门外的迎春花和三角梅下静静地听。还没等她们将话说完，她父亲就发疯似的冲进屋对她们拳脚相加。她和母亲拼死反抗，最终还是被她父亲打得遍体鳞伤。当天凌晨刚过，在夜风摇动迎春花和三角梅的沙沙声中，小姑娘绝望地走出院门，神思恍惚地经过那条通向郊野的小巷，跳进了一个水面飘满浮萍的池塘。

时间过得太快了。明天就是小姑娘四周年的祭日。前三年的祭日，她都去坟上看望女儿。每年去，她都要在坟前坐一整天、哭一整天。她不知道自己还能苟活多久。自从女儿离世那天起，她也跟着女儿死去了。她曾暗自想，三年过后，第四年就不会再有人去看望女儿了。那时，她应该也已变成了郊野上的一抔黄土。可现在她仍坐在仲春与暮春之间的一个寂夜里，心如残忍的四月般透凉。

夜窗外，柴门上的迎春花和三角梅在冷风中发出呜呜呜的低吟。

月

    他是小街上的一个游子，也是天地间的一个过客。在阔别小街二十多年后，他如今又回到了小街。他回来不为别的什么，只是想邀请故乡的月亮陪他再散一次步。为完成这个心愿，他苦苦地等待了二十几年，也被这个心愿苦苦地折磨了二十几年。他一向认为，自己就是故乡的月亮。无论身处何地，心中永远都装着月光的清寒和幽静。他清楚地记得，自己是在二十多年前的一个月夜离开小街的。他还清楚地记得，那个夜晚的天空上浮现的是下弦月。他觉得那是月亮在暗示他什么。可到底在暗示他什么呢？他当时也不十分明白。但他已在心里默默地起誓——倘若不能将自己从下弦月走成满月，绝不再度回到小街来。可他现在到底还是违背了自己的誓言，他没有将自己走成满月就回到了故乡。他回来时跟他当年离开时一样，也是在一个月夜。唯一不同的是，他回来的那个夜晚天空上浮现的是上弦月。也即是说，他离开时和归来时看到的既是同一个月亮，又不是同一个月亮。就像离开小街时的他和现在回到小街时的他既是同一个他，又不是同一个他。他也经历了自己人生的上弦月和下弦月。

他一向认为，自己就是故乡的月亮。故乡月亮的阴晴圆缺，也标示着他命运的悲欢离合。月亮在故乡经受了什么，他就在异乡经受了什么。月亮在故乡有多少个不眠之夜，他就在异乡有多少个夜之不眠。月亮在故乡的天上走，他在异乡的地上走。月亮在故乡的天上走成了异乡的他，他在异乡的地上走成了故乡的月亮。也许，月亮终归都有一个流浪人的梦，而流浪人终归又都有一个梦中的月亮。流浪人有着月亮一样的清冷，月亮有着流浪人一样的忧愁。今夜，身为流浪人的他跟梦中的月亮重逢了，重逢在月亮照耀下的小街——重逢在小街上洒满月亮清辉和忧愁的巷道。月亮还是那么恋旧，像二十几年前那样亲切、耐心地陪他在万籁俱寂的小街上散步。

小街上该入睡的人全都入睡了，连那些夜夜守护着入睡人酣梦的狗和猫也都入睡了。整条小街上，只有他和月亮醒着。可醒着未必是一件好事——尤其在黑夜里醒着。在他几十年的流浪生涯中，他深刻地体验到醒着是一件多么痛苦的事情。这样的痛苦，月亮也体验过。大多数夜晚，它都在醒着替人间输送光明。它知道黑夜的一切欲望，也知道处在黑夜里的人们那所有的秘密——他们在猜忌什么、计谋什么、诉说什么、呐喊什么、哀泣什么……

它统统都知道。

月亮有时候想，为何地上更多的人不能像流浪的他那样，怀有一个纯朴的愿望和生有一颗干净的心呢？他在异乡遭受了那么多的苦难和挫折，却仍旧魂牵梦萦着这条小街。这条小街曾让他那么心灰意冷和孤苦无助，甚至逼迫他不得不远走异乡，到头来，他仍旧对这条街不离不弃，心存挂念。要知道，在他外出流浪的这二十几年里，这条小街上又先后远走了许多人，可他们一个也不见再回来。他们宁可老死在异乡，也不愿再回到这条偏远、古旧和灰暗的小街。正是如此，在不算长也不算短的二十几年中，一条又一条的小街消失了，一个又一个的故乡远去了，一拨又一拨的故乡人成了异乡人。月亮看见了这一切，见证了这一切。它清醒地悬在高空，却始终沉默不语，只一如既往地向大地和人间输送光明。它将光明输送给城市，也输送给乡村；输送给现存的秩序，也输送给消隐的故园；输送给失根的故乡人，也输送给流浪的异乡人。月亮自知它不如太阳那样光芒万丈和金碧辉煌，但它乐意做它该做的事，乐意跟那些寻找和期盼月光的人相处，乐意给那些不管身在何处都想邀请月亮散步的人以稀薄的温暖。

今夜的月亮无疑是幸福的月亮，今夜的他无疑是幸福的他。

他们在小街上孤寂地散步，漫无目的地散步。他走到哪里，月亮就陪到哪里。他从小街这头走到小街那头，又从小街那头走到小街这头。他什么也不去想，什么也不去回忆，只用心地享受着跟月亮散步的过程。这对像他这样归乡的游子来说，已然非常地满足和开心了。他不会再去祈求和奢望别的什么。他心里比谁都明白，这条小街早已不是二十几年前的那条小街了。这条街上不再有他的家，不再有他的家人，不再有他的朋友，他在故乡成了新的异乡人。只有月亮还认得他、记得他、熟悉他，愿意接受他的邀请，陪他到面目全非的小街上来夜游。

他一向认为，自己就是故乡的月亮。只有故乡的月亮才同情异乡的月亮，只有天上的月亮才同情地上的月亮。正如只有孤独者才同情孤独者，只有流浪人才同情流浪人。他跟着月亮在小街上孤寂地走着，从上弦月走到下弦月。他也渴望能在故乡将自己走成一个满月，去圆他一个异乡的梦。只是他不知道这个简单、纯朴和诚实的愿望能否实现，会不会再让他等上二十年、三十年、四十年？

夜越来越深，小街上该入睡的人全都入睡了，连那些夜夜守护着入睡人酣梦的狗和猫也都入睡了。

整条小街上，只有他和月亮醒着。

整条小街上，只有醒着的他和醒着的月亮痛苦着。

声

夜静了。小街的夜更静。

天空上孤悬的缺月将清辉洒下来，洒在这静的夜上，也洒在这夜的静上，更洒在那从静夜里响起的悠扬、深沉、苍凉的箫声上。每夜固定的时间，那箫声都会响起——有时伴着风声，有时伴着雨声，有时伴着风声和雨声的和鸣，从小街上一间透着暖黄色微光的简陋房屋里传出来。这箫声是小街上许多失眠人的知音，他们不但从这箫声里获得情感和心灵的抚慰，还从这箫声里追忆逝水年华、追忆并不如烟的往事、追忆人畜共居的家园……也就是说，这箫声是有阅历的箫声、是有沧桑感的箫声、是有痛苦记忆的箫声。

吹奏出这箫声的是一个老人。他有一副清癯的容貌，头发和胡须都呈银白色，两只深陷的眼睛好似能在夜间发出光来。他那两只肥厚的耳朵，其中一只可以自由地抖动，对声音尤其灵敏。风过时，他能听出风的絮语，知道那阵风刮过多少道山梁和多少条河流，裹卷着多少粒沙尘和携带了多少片落叶；树枝摇晃时，他能听懂树的私语，知道一棵树在年轮中的磨难和在年轮外的苦辛，在黑暗中的孤独和在白日里的浮喧；鸟儿掠过窗前时，他能听明白鸟鸣声里暗藏的信息，知道一只鸟在高处的寒冷和在低处的卑微，在飞翔途中遭遇到的死和在归巢途中见证到的生；流水淌过屋下的河道时，他能听出流水的心跳声，知道流水流经了多少个日夜和多少个春秋，灌溉过多少干涸的土地和滋养过多少枯萎的野草。他将这些聆听到的声音的秘密全都化作了箫声，吹出来给小街上的人听、风听、树听、鸟听、流水听，也给自己听。他在这些声音里找到了共鸣。他想通过箫声来记录和演绎活在尘世间的生命故事。他相信无论是风和树，还是鸟和流水，以及其他的一切生命，都跟人一样，在一世的光阴中经历过太多太多的幸或不幸、悲或不悲、乐或不乐、苦或不苦。它们都渴望有人来为自己疲累的一生谱一支曲，再吹给它们听。它们一定会感激不尽，像感激上天和大地的恩赐那样。如果没有这样的曲子，它们的生命色彩就会暗淡许多。

可在这个由人类主宰的世界里，又有谁愿意去为一阵风、一棵树、一只鸟、一湾流水谱写一支曲子，吹奏一曲箫声呢？

然而，只有他做到了——一个住在小街上的老人。他夜夜都在吹出箫声给它们听。他前夜吹出的是风的年华，昨夜吹出的是树的往事，今夜吹出的是鸟的歌哭，明夜就该吹出流水的哽咽。他的箫声是那样悠扬、深沉而苍凉。他发觉只要他的箫声一起，不管这箫声吹奏风和树的故事，还是吹奏鸟和流水的故事，它们都会静静地听。风会停住脚步听、树会屏住呼吸听、鸟会敛闭双羽听、流水会静息抽泣听。它们从每一支箫曲里都能听出自己的心声。树听了风的故事树哭，鸟听了树的故事鸟哭，流水听了鸟的故事流水哭，风听了流水的故事风哭。它们都觉得自己就是箫曲里的一个旋律、一个音符、一个节奏。这箫声使它们又重新活了一次。因此，它们都将他视为大地上的一个乐师——一个通灵的乐师——一个风在风的世界里，树在树的世界里，鸟在鸟的世界里，流水在流水的世界里绝对遇不到的乐师。

他也原以为，能够真正听懂他箫声的只有风和树、鸟和流水，以及除人以外的其他生命，可当他第一夜在小街上的屋子里吹响那只箫时，这箫声就令每一个睡在屋内木床上的男人和女人、老人和孩子辗转难安。这箫声击中了他们内心最柔软的东西。有人听了这箫声仰对夜空浩叹不已；有人听了这箫声用被子蒙住头痛哭流涕；有人听了这箫声披衣下床在屋中来回踱步到天亮；有人听了这箫声望着清冷的月色唱响歌谣。这些都是他没有预料到的情形。让他更没有预料到的是，一曲箫声竟然会有那么大的魔力，能够穿透时间和生命，连通人与自然界隔绝已久的情感互动。他最初老是想不透彻，他吹出的那些万事万物的生命故事，怎么会让向来不大关心自然的人感同身受。还是后来吹奏的次数多了，他才从习惯聆听他箫声之人口中得知事情的真相——凡是听过他箫声的人，都被那箫声引向了生命和精神的深处。使他们认识到，人在世俗生活之外，还有一种更高意义上的生活值得去过。

是他的箫声净化了他们、启悟了他们。

而且，很多人都坦言，他们在箫声中还看到了自己的前世和来世——有些人的前世是风或树，有些人的来世是鸟或流水。这些人的坦言又反过来启悟了他——成为人的未必每生每世都能成为人，成为风和树、鸟和流水的未必每生每世都能成为风和树、鸟和流水。

他不知道自己的前世和来世是什么。也许，他压根儿就没有前世和来世，有的只是今世的一支箫，只是今世的一支箫所吹奏出来的今世的箫声。

夜静了。

天空上孤悬的缺月将清辉洒在夜的静上，也洒在静的夜上，更洒在他的箫声上。他的箫声是那样的悠扬、深沉和苍凉。

雨

　　许多年过去了，那些活着的人，那些已经死过一次又强撑着活过来的人，那些已经死过两次甚至三次又侥幸活过来的人都还记得，这条小街上下过三场让人刻骨铭心、充满恐慌、欲置人于死地的雨——一场大雨、一场中雨和一场小雨。

　　为不吓着读者，也不吓着回忆者，更不吓着讲述者，让我们先从那场小雨说起吧。那是六十年前的事情了。那时的小街没有现在这么长，巷道也没有现在这么宽，房屋也没有现在这么多。在他遥远的记忆里，当时已经连续三年没有下过雨，持续的旱灾使得小街的白天和黑夜都被一片无形的火光包裹着。每个人都在等待和祈祷上苍能降一场雨来拯救大地上的生灵，可上苍就是铁了心要惩罚天底下的苍生，不舍得洒下哪怕一滴甘霖。每天每时每刻每分每秒都有死亡在发生——田地里的庄稼死了、山坡上的树死了、河塘里的水死了、旷野上的草死了、天空上飞翔的鸟雀死了、泥地上爬行的虫蚁死了……最最可怕的，是不少的人——男人和女人、大人和小孩也都死了。小街上随处可见濒临死亡的人和已经死去却没掩埋的人。那没掩埋的人散发出恶臭，成群的苍蝇围着腐尸嗡嗡地乱飞。

他那时还太小，不知道死亡是什么，但他知道死亡足以令人惧怕。他天天躲在屋内从门缝里往外瞧，每次都窥到死神正领着他认识或不认识之人的魂魄，排着长队从小街上走过。而且，有一天，他还看到父母的魂魄也跟在那长长的队伍后面赶着路。他想拼命呼喊，呼喊他的父母停下脚步，不要跟随死神走，可喉咙无论如何也发不出声。他已经饥饿至极，整个人就只剩一副骨架和一张黄皮。

当天夜里，他父亲就死去了。

他死去的父亲和暂时还活着的母亲都腹大如鼓。他怕极了，身子瑟缩着，想让母亲抱抱。但又不敢让母亲抱，他只要一触碰到母亲的肚皮，母亲就大声地喊疼。母亲为鼓励他活下去，轻声地对他说，第二天就会下雨。雨一下，他就能活命。

翌日上午，他晕晕乎乎地从昏迷中苏醒过来，看见死去的母亲面带痛苦的表情，睁大双眼躺在自己身旁，而他那已在昨夜死去的父亲的尸体却不见了。他还看见，身前的地上放着一碗热气尚未散尽的肉。他知道那是母亲给他准备的。他用颤抖的手抓起碗里的肉小心翼翼地往嘴里送，他第一次吃到这种肉——一种让他说不出滋味的肉。他吃着吃着，屋外果然就下起了雨，很小很小的雨，很细很细的雨。三年来下的第一场雨。他摇摇晃晃地端着碗推门出去接雨，仰头看时，才发现那雨是上苍流下的泪。他接了满满一碗泪雨，将碗里的肉泡上。待他再次将泪雨泡过的肉放入嘴里咀嚼时，那肉竟然变咸了。他猛然惊觉，这泪雨里含盐。他边嚼边哭，边哭边嚼——嚼死去的父亲和哭死去的母亲。他母亲没有骗他，在这场小雨的滋养下，他总算活了下来。不只是他，小街上的好些人都在这场小雨的滋养下活了下来。

至于下在小街上的那场中雨，虽然比起六十年前的那场小雨晚了整整三十八年，可持续时间却比那场小雨长多了。他一直认为，那场漫长的中雨根本就是六十年前的那场小雨变的。一场小雨跑了三十八年将自己跑成一场中雨有什么奇怪呢？他不也是从一个懵懂孩童跑了三十八年，才将自己跑成一个沧桑的中年人吗？

人在跑，雨也在跑。

但他还是诧异这雨跑得实在太快，太震慑人了。它将小街变成了一片泽国——树被冲出根须，房屋被冲垮地基，小街侧面的河流上到处都漂浮着鸡的尸体、羊的尸体、猪的尸体……腿长且力强的人统统都跑掉了，剩下个别年衰体虚的人被压在垮塌的房屋之下，被雨水冲跑了魂。他本来是有机会跑掉的，只因他顾念着供奉在家中香案上的父母牌位，非要冒险冲进已是危房的屋内去将牌位抢出来。然而，那场中雨已经认不出人到中年的他了，发疯似的冲刷着小街上的一切，也发疯似的冲刷着他的顾念、他的肉躯、他的莽撞和他的悔恨。

当然，他那会儿也没有想那么多，也顾不得雨的发疯。他又出现了六十年前的幻觉——看见死神正拖着他父亲和母亲的白骨在水面上漂，他不能让死神将他父母的白骨抢走，他奋不顾身地要将父母的白骨从死神手中夺回来。可他的双脚刚一跨进门槛，他家的屋顶就塌了下来。当他被救援人员拯救出来后，他跟小街上其他那些被救援出来的人一样，成了一个残疾人——他失去了一条腿和一条胳膊。直到那时，他才猛然惊觉，这场中雨竟然含碱，那碱早已随雨水浸入了他的断腿和断胳膊，只要天气稍有变化，他就生生地喊疼。

最后来说说那场大雨，不然，这篇关于小街之雨的简史没法收笔。这场大雨跟六十年前的那场小雨和三十八年前的那场中雨都不一样，它既不下在年月里，也不下在记忆里，而是下在小街上每一个人的生命里。这场大雨不可见，却来势凶猛，摧枯拉朽，让活着的每一个人都畏惧它、躲避它、想极力摆脱它。

这场大雨里不含盐，不含碱，含血。

杖

　　这是冬日里一个无风的下午，寒冷包围着小街和小街上的树、房屋、篱墙与深巷。前天和昨天都出来散过步的阳光隐退了，有意躲避和逃离开寒冷的封锁。大概体内包孕着光芒和温暖的事物，都能在恰当的时机保护好自己。唯有保护好自己，才能保护好自己的光芒和温暖不受伤害。但也并非所有事物都能依靠躲避和逃离获得平安与福祉——季节能够躲避和逃离积雪吗？大地能够躲避和逃离狂风吗？河山能够躲避和逃离地震吗？尘世能够躲避和逃离悲剧吗？人能够躲避和逃离葬礼吗？他能够躲避和逃离这个冬日下午独行的忧伤吗？这将永远是些没有答案的追问——哲学式的追问、宗教式的追问。

　　带着这些追问，他拄着那根上下都落满了时光灰尘、浸满了

傲 霜

岁月盐碱的木质拐杖从老房子里走出来。拐杖点击地面，发出低沉、短促和混乱的声响，这声响跟他的思维和记忆很像。由于他的眼睛既看不见脚下的路，也看不见路延伸出去的远方，故他走得十分迟缓，近似在摸索着行进。遇到有凹坑和水洼的地方，他也不避开，仍是走得如履平地，结果险些跌倒。应该说，他在这条小街上已经走过成百上千次，不会不知道哪些地方存在着危险。他熟悉这条小街胜过熟悉自己身上的病痛和伤口。况且，他的那根拐杖已领着他顺利地走过了大半生的光阴。即使有几次遇到小小的障碍，拐杖也成功地帮助他化险为夷。

但在这个冬日下午，这个无风的下午，这个寒冷包围着小街的下午，他不知道是怎么了，手中的拐杖偏偏不听使唤，向他传达出错误的信息——拐杖明明没有触碰到障碍物，可他的脚一跨出去，就要么是一踉跄，要么是一趔趄。他怀疑陪伴他大半辈子的拐杖开始背叛他，被寒冷收买了，可他又不相信这个对他忠心耿耿的"老伙计"会嫌弃他。他站在一处，使劲用拐杖在地上点、在墙壁上敲、在树干上磕。他想试一试拐杖的态度，看它会不会叫喊。也趁机检验一下这根老拐杖到底仍是忠诚于他，还是确已背叛了他。事实证明，这个"老伙计"依旧忠诚。它既不叫喊，也不弯腰甚至断裂，任凭他怎样摔打和折磨，都始终保持着一根拐杖的品质和坚韧。

这真是一根尽职尽责的拐杖。

它彻底洞悉主人的情感状态和内心世界，也彻底明白那些需要拐杖的人，都是内心孤弱和有残疾的人。有谁见过四肢健全的人拄着拐杖的吗？也有，那些绅士不就喜欢拄根拐杖行走江湖吗？可又有谁能担保那些看上去体格强健、派头儒雅、言谈斯文的绅士们的灵魂，不比那些内心孤弱和有残疾的人有着更多的孤弱和残缺呢？拐杖完全看透了这个人世间各种各样的人，所以它懂得自己的职责——不仅仅是给人领个路或指明方向，更多的时候，它还得承担起支撑人的精神大厦和心灵天空的重任。只要放眼四周，或随意朝街上一瞥，有哪一个人没有拄着一根拐杖呢？无论他是站在阳光下，还是躲在阴凉处；也无论他是从事高尚或光辉的职业，还是从事低贱或渺小的职业。

唯一不同之处，是有些人拄着的拐杖看得见，而有些人拄着的拐杖看不见。更有甚者，还喜好在自己拄着的拐杖上镶金嵌银，安装钻石、玛瑙和水晶，以此来抬高自己的身份、地位和官阶，可拐杖却未见得一定会满足他们的虚荣心。在这个世界上，拄着拐杖摔跤的人可多了，这种人往往都摔得很惨、很重、很痛。可见，拐杖并不是万能的，也不是什么都能支撑得起的。

他手中的拐杖就已经支撑不起他了——支撑不起他的肉躯、支撑不起他的精神大厦、支撑不起他的心灵天空。他摇晃着老迈的身子，在小街上踽踽独行。寒冷包围着小街和小街上的树、房屋、篱墙与深巷。他不清楚自己要去哪里，他的眼睛看不见脚下的路，也看不见路延伸出去的远方。他原本的想法，是希望拐杖能领他去自己要去的地方。他猜想拐杖懂他，像平常懂他的快乐和寂寞、委屈和忧伤那样。但在这个冬日的下午，他手中的拐杖也看不见路了。它唯一能够坚持的，是尽量支撑着他不在寒冷中倒下，不让他的子孙日后责怪拐杖失职而将之投进火炉中焚烧。它毕竟只是一根拐杖——一根上下都落满了时光灰尘、浸满了岁月盐碱的拐杖。

他走着，踉踉跄跄、趔趔趄趄地走着。一边走一边用拐杖在地面上点着。看得出，他仍对自己的拐杖没有死心，仍渴望着拐杖能领自己去想去的地方。但那根拐杖跟他一样，委实是看不见路了，只在他的点击下发出低沉、短促和混乱的声响。在这声响的伴随下，他摸索了好一阵，才走到小街一个垮塌的墙角。那一刻，他好似忽然忆起了什么，拼尽全力将拐杖扔出老远，双手颤抖着抚摸墙壁嘤嘤地哭了起来。

拐杖或许正是听见了他的哭声，才安心地摔在地上断成了两节。拐杖知道，从今往后，他再也不会需要自己了。拐杖还知道，在这个冬日无风的下午，他确确实实已经寻找到自己失去的光明、记忆和家园。

堂

　　那座有个高高的圆形尖顶、外墙早已斑驳得裸露出青灰的小教堂，依然静静地耸立在那里，成为这条小街上的一个标志性建筑。清晨的阳光或傍晚的斜阳照在它的花窗玻璃上，有一种素雅、宁静和吉祥的美。教堂四周，生长着成排的枝干粗壮、枝叶繁茂的树。这些树跟教堂的历史一样古老，沧桑的树皮上，天然地刻满了岁月的经文。

　　许多许多年前，来教堂做晨祷和晚祷的人还很多时，那从教堂里发出来的洪亮钟声可以响彻整条小街，可以响彻小街的黎明和黄昏。这钟声将大家召集到一起、凝聚到一起，共同去接受心灵的洗礼——他们世俗生活之上唯一的精神盛宴。这盛宴让他们平淡、虚空和落寞的日子多少显得不再那么平淡、不再那么虚空、不再那么落寞。即使那些一生都没有踏进过教堂一次的人，在聆听到这钟声的时候，心里也照样充满了光亮和安宁。

这条小街太寂寞了，小街上的人也太寂寞了。

他们每天都渴望有钟声来警醒自己、释放自己、安抚自己。小街上不少的人，就这样在教堂发出的钟声中平静地过完了一生。然而，无论多么洪亮的钟声都有不再响起的那一天，现在还住在小街上的人就已经多年没有听到过教堂的钟声了。尽管那座小教堂还每日耸立在他们的视线中，尽管他们在白天和黑夜都还没有改掉朝那座小教堂仰望的习惯。

教堂的钟声沉寂了，可听过教堂钟声的人还没有沉寂。没有人确切记得那教堂的钟声是在哪一天消逝的，也许是在教堂外墙剥落第一块墙皮的当天，也许是在那个年龄最老的信徒死去的当天，也许是在那个年龄最小的信徒搬离小街去别处定居的当天……但没有一个人会忘记那曾经带给他们内心以光亮和安宁的钟声，一座从昔日的辉煌和神圣教堂里发出来的钟声。那钟声的余响至今仍活在小街之人的记忆里，也活在更多搬离小街之人的记忆里。尤其是那些搬离小街的人，不管他们搬迁到小街以外多远的地方去生活，他们的心灵都照样被这旧时的钟声笼罩着、撞击着、净化着。在这个多艰多难的尘世上，有些东西消逝也就永久地消逝了，可有些东西看似消逝实则却化作了另外的东西永久地存在着。就拿这条小街上的东西来举例吧——它的巷道消逝了，却化作了行旅存在着；它的房屋消逝了，却化作了乡愁存在着；它的贫穷消逝了，却化作了疼痛存在着；它的钟声消逝了，却化作了教堂存在着……

只是这存在着的教堂再也听不见钟声了。但听不见钟声的教堂也还是教堂，也还是这条小街上的一个标志性建筑。要知道，在这条古旧、幽寂的小街上，还有许多事物比这教堂的钟声消逝得更早。谁也无法抵抗这种消逝，时间也不能够，祈祷也不能够，活在消逝中的人更不能够。那么，既然消逝是必然的，那这座小小的教堂还能够存在多久呢？没有人可以断定，或许还能存在五年，或许还能存在三年，或许还能存在一年。但至少目前它还耸立在蓝天白云之下，成为小街上极少数人的"精神殿堂"。

清晨的阳光或傍晚的斜阳照在它的花窗玻璃上，有一种素雅、宁静和吉祥的美。在这美的氛围烘托中，仍可看见有三三两两的人走进教堂去做晨祷和晚祷。他们跟有钟声响起的年月一样，准时去诵经，接受洗礼。他们从不因消逝的一切而去改变自己的信仰。他们对生活没有欲望，是这座教堂最后的守护者，也是这条小街最后的守护者。他们都很老了，每次去教堂祷告，都要拄着拐杖。每隔一段时间，后辈就会回来动员他们从小街搬走，但他们每次都会拒绝。他们拒绝的理由很简单："你们可以在外面购置或修建一栋比小街上的老房子漂亮和豪华的新房，但你们能修建一座比小街上的教堂更有历史底蕴和文化内涵的教堂吗？"这个简单理由让那些离开小街或发迹或没有发迹的后辈们哑口无言。其实，后辈们也都明白，父辈已将那座教堂当作他们今生最后的"精神家园"，他们没有丝毫权利去剥夺父辈们的精神家园，也没有丝毫权利去干扰和修改一个人的精神信仰。而且，这些后辈们还明白，父辈们在教堂里不只是为自己祷告，同时也在为子孙们祷告，为这条古老的小街祷告，为小街上的每一只狗和猫祷告，为飞过小街上空的每一只燕子和鸽子祷告，为小街上生长的每一棵树和流过小街底下的每一滴水祷告……

　　每次从教堂做完祷告出来，只要天不下雨，这些老人们都要围着教堂转几圈，再在安放于四周老树底下的石凳上坐下来谈天说地——他们谈许多许多年前从教堂里发出的洪亮钟声，说钟声消逝许多许多年后如今的教堂。他们在谈说这些话题的时候，那清晨的阳光或傍晚的斜阳照在教堂的花窗玻璃上，有一种素雅、宁静和吉祥的美。

篱

　　沉醉的春风苏醒了，季节在天道秩序中又完成了自己的一个轮回。金色的阳光从蓝莹莹的天空上洒下来，洒在那些正在安静地生长、拔节的万物身上。空寂的小街也在一夜之间明耀和暖热了起来。

　　在小街旁侧，有一条长长的河岸。

　　岸边几株翠柳的细丝在春风吹拂下轻扫着水面，好似那水面上结了一层时间的灰碱或光阴的薄膜。只有将这层灰碱和薄膜扫掉，河面才能成为天地间的镜子，照出躲藏在春季深处的躁动和安谧、幻梦和欲望。而在高处俯视着这面镜子的，是几只来路不明的鸟雀。它们展开翅膀，围绕翠柳飞来飞去，嘴里各自衔着一粒种子。也不知道飞了多久，这几只鸟雀好像飞累了，又好像突然对这面水做的镜子失去了兴趣，一股脑儿地飞离河岸，在对面靠近小街颓墙的一块空地边的木篱笆上停了下来。那一刻，它们嘴里衔着的种子掉落了。那一刻，它们意外地发现了一个惊奇的秘密——一个处在春季之外的秘密。

这秘密全都暴露在那块小小的空地里。

那块空地原本也并不是一块空地，而是小街上一户人家的菜园子。前几年，那户人家的主人还在小街上居住的时候，那片菜园子一年四季都绿色葱茏。各种蔬菜的根茎和叶子，不但养活了菜园的主人，还养活了许多弱小的虫子。虫子和人平分着春色，人和虫子共享着素餐。只因后来那菜园子的女主人死去了，菜园子的男主人理所当然地被他儿子接走，去了一个再也没有菜园子的地方生活。这样一来，那片菜园子自然也就荒废了，成了一块空地。成为空地后的菜园子自然不再是菜园子，蔬菜没有了，偷吃蔬菜的虫子没有了——它们要么跟着季节和流水走了，要么跟着菜园子死去的女主人和尚还活着的男主人走了。唯留下一圈霉朽的木篱笆还在试图围住昔日的记忆和往事。然而，那木篱笆也已然围不住什么——围不住疯狂新生的野草，围不住昼夜攀缘的藤蔓，围不住空地上逐年长高的李树和梨树，围不住那埋在李树和梨树下的菜园女主人的魂，围不住那时常在菜园女主人的坟前从晌午枯坐到黄昏的她，以及她那躲闪、迷茫和空洞的目光。

这木篱笆围不住的一切，就是那几只鸟雀发现的秘密。

在这些秘密之中，最令鸟雀们惊奇的，是那开满了李树和梨树的白花，是那坐在坟堆前望着李树和梨树的白花傻笑或哭泣的她。这几只鸟雀在去年春天也飞来过小街，故它们知道，那块空地上的李树和梨树是在安葬了菜园女主人之后，她儿子栽种的。这个儿子是大孝子。母亲死的时候，他正在离小街很远很远的地方讨生活，既没能给母亲送终，也没能给母亲操办丧事。当他带着伤痛的心回到小街时，他母亲已经下葬。他在母亲的坟前长跪不起，流下的眼泪打湿了面前的土地。哭过之后，他亲手种下一棵李树和梨树，来代替自己长年为母亲守孝。

鸟雀们前几年飞来，都不见这两棵树开花。可今年那棵李树和梨树竟然全都开花了，开得是那样繁密、那样雪白。太阳照在一团一团的花朵上面，酷似两个高高地立在坟前的花圈。而她就坐在两棵树之间，像一个举着两个花圈的人。她时而望着左边的李花不停地笑，时而望着右边的梨花嘤嘤地哭。鸟雀们不知道她是谁，到底怎么了，还误以为是那个死去多年的女主人从坟堆里爬了出来，竟吓得它们将衔在嘴里的种子掉落在了地上。

其实，这个精神失常的女人并不是那个菜园子的女主人变的，她的真实身份是那个女主人的儿媳妇。不过，那个女主人的死，又的确跟她有关。或者说，若不是因为她，那个菜园子的女主人也不会死。

事件的本来面貌是这样的。

那个女主人在死之前，曾跟儿媳妇激烈地吵过一架。吵架的起因是儿媳妇怀疑婆婆将自己压在枕头底下的一对玉手镯偷去卖了，又将卖镯子所得的钱拿去为出嫁不久的小女儿治病了。婆婆拒不承认有此事，两人遂破口大骂，互不相让。当天傍晚时分，性急的婆婆就喝下放在家中的一瓶农药离开了人世。几天之后，她丈夫从异地赶回来，坚决认定母亲就是妻子给害死的，非要报案送她去坐牢。后来公安机关告知她丈夫，此事她尚不构成犯罪。她丈夫气愤之下将妻子绑在屋中的椅子上暴打。这事之后没多久，她就疯了。她丈夫不再管她，只将父亲接去自己身边生活。丈夫走后，她天天都跑去婆婆的坟前枯坐。没有人能够猜透她枯坐的目的——也许她是在真心地忏悔；也许她是在等待婆婆复活，想当面问问她，自己究竟是不是凶手？

　　金色的阳光从蓝莹莹的天空上洒下来，洒在那些正在安静地生长、拔节的万物身上。几只鸟雀见她越哭越厉害，一边哭还一边拼命地摇晃李树和梨树，只好惊魂不定地振翅飞走了。

　　它们从没见过有哪一个春天，像这个春天般充满了恐惧和悲伤。

　　鸟雀们飞走的片刻，李花落了下来，梨花落了下来，她的眼泪落了下来。其中有只胆大的鸟雀回头看了一眼，竟然发现她的眼泪也是白色的——她以白色的眼泪在安葬白色的李花和白色的梨花。

馆

这条小街上，立着一个石牌坊，其侧面有一个历史悠久的小旅馆，那是另一个收藏时光和记忆的地方。在这个小旅馆的门柱上，现今还依然挂着一块油着黑漆的木牌，上面雕刻着四个暗红色的手写体大字——燕子旅馆。没有人去探究过这个旅馆名字的由来，也许是旅馆老板娘的小名叫燕子之故，也许是年年都有燕子飞来旅馆的屋檐下筑巢之故。反正，这个燕子旅馆家喻户晓，远近闻名。

几十年前，小街上手工业作坊很多，小街的后山又产煤，周边众多商贩都要来小街进货。那时交通欠发达，他们来进一次货，当日无法返回，只能选择在小街上投宿，这个燕子旅馆自然成了商贩们入住的首选。小街上的人们当时都很纳闷，若论价格，燕子旅馆跟小街上其他两个旅馆的住宿标价都一样。若论设施，燕子旅馆也跟小街上其他两个旅馆一般无二——墙都是同一个粉刷匠粉刷出来的石灰白墙；床都是同一个木匠制作出来的简易棕垫床；被褥也是同一个弹花匠弹出来的普通被褥，可为何客人就是喜欢去燕子旅馆投宿呢？后来便有流言传出，说这全是因为燕子旅馆的老板娘长得太漂亮，人又年轻，还挺风骚，那些商贩的魂都被她勾去了。

　　事实是否如此，倒也难得说清，不过燕子旅馆的老板娘的确年轻漂亮。她那时大约只有二十几岁，又是未婚，又不见有男朋友，每天都留一头乌黑而飘逸的披肩长发。眉毛也画得如一弯月牙，嘴唇涂成两片红叶，双耳吊着圆形的白银耳环。从早到晚，她几乎都坐在旅馆前台的椅子上，跷起二郎腿，手指间夹一支烟，却不吸，只静静地盯着点燃的香烟看。仿佛那慢慢燃尽的并不是一支烟，而是一个人的青春和旧梦。每一个商贩都痴迷她那风姿绰约的模样，谁只要瞥她一眼，谁的骨头就会发酥，就会散架。故总有那么些多情的商贩，想长久地住在她的旅馆里不走。好似他们来小街的目的，已经跟进货无关，而单单是惦记着去燕子旅馆住上一晚，看看让他们日思夜想的老板娘。但这位年轻貌美的老板娘却绝不会跟任何一个商贩有亲昵之举，甚至连话都不会跟他们多说一句。她只做她该做的生意。超出生意之外的一切，她永远不会失分寸。

她骨子里本就不是一个轻佻的女人。

曾有几个才貌出众的商贩想娶她为妻，也想打探她一个人在小街上开旅馆的秘密，但均被她拒绝了。她严正地告诉爱慕和追求她的人，说自己这辈子不会结婚。她一个人开旅馆也没什么稀奇，主要是挣点钱养活自己。可不止一次，有住在旅馆里整夜都睡不着觉的商贩，听见她在深夜里哭泣。那哭声被寂静放得很大，大到足以埋葬掉她自己。于是，他们知道她活得并不快乐。

她是一个内心藏着哀痛的女人，只是不会有人知道这哀痛到底是什么。再后来，又有商贩发现她经常低着头伏在前台上写信。她的字迹娟秀，一笔蝇头小楷，简直比她的人还要迷人。于是，他们知道她一定是读过不少书的人。只是他们不知道，她到底在给谁写信——是写给一个远方的人，还是仅仅写给她自己？再再后来，凡是去旅馆投过宿的商贩都醒悟了，这家燕子旅馆并不是为他们开的，而是专为一只燕子开的——一只从她心中飞出去的燕子，一只她相信飞出去终会飞回来的燕子。

她之所以终身不嫁，她之所以在深夜哭泣，她之所以不停地写信，其实都是为了这只燕子。识破这个秘密之后，去旅馆投宿的商贩逐渐减少。加之随着时代变迁，小街越来越萧条，各种手工业作坊相继倒闭，大小煤窑也都关闭掉，燕子旅馆沉寂了下来，再也没有迎接过一个前来投宿的人。但她自始至终都没有让旅馆关门，日日夜夜地守护着燕子旅馆这块招牌，像守护着她的青春和旧梦。

如今几十年过去，她的旅馆越来越破旧，她也成了一个头上缠满银丝的花甲妇人。从前那些熟识她的人，都先后从小街上搬走了，就她还在死守着小街，死守着小街上的燕子旅馆，死守着那只令她寸断柔肠的孤燕。

然而，就在前不久的一天黄昏，小街上突然出现了一个来历不明的男人。

他大概有六十多岁，戴着一副金丝眼镜，背着一个塞满了泛黄信件的双肩包，在燕子旅馆门前徘徊。这个老人好似赶了很远很远的路，皱纹密布的脸上挂着风尘仆仆的倦容。他的到来令这条空寂已久的小街多出了几分不安。很长时间里，小街上都没有一个陌生人光临，这让另外几个坐在夕阳下回首往事的老人将他当作了一个投宿的旅人。但他又并不迈步走进旅馆，只呆呆地站在那块雕刻着燕子旅馆的木牌前凝视。凝视一阵之后，他又伸出手去抚摸那块木牌上的字迹，仿佛那几个褪色的大字就是出自他的手笔。

这是一个古怪的老人，也是一个捉摸不透的老人，更是一个冷情的老人。他抚摸字迹后，就转身离去了。夕阳照着他远去的背影，有一种淡淡的忧伤和落寞。

　　燕子旅馆的老板娘并没有看到这一幕。她那会儿不知是躲在旅馆里低头写信呢，还是在低头写信的过程中因思念而垂泪？因困倦而怀伤？因等待而心碎？

店

天又放亮了。

放亮的天昨晚丢失了睡眠，只好匆忙地披一张透明的红纱巾，来遮盖住它的慵倦。而被这红纱巾同时遮盖住的，还有她的慵倦。每天的这个时候，她都已经在店里忙活好一阵子了。许多年以来，她都是赶在天亮之前醒来，从未有过一个完整的睡眠。即使做过的梦，也是支离破碎、缺头少尾的。

她丈夫还在人世的时候就曾对她说过——咱们是摸着黑夜冰冷的脊背爬到天亮的人。她丈夫是小街小学以前的一名代课教师，还喜欢写诗，因做人过于正派和耿介，又从来不说假话，在转正时遭到被他得罪过的领导的排挤和构陷，不得不离开他热爱的三尺讲台和天真活泼的学生们。从学校出来后，他跟妻子共同开了这家卖面条的小店。凭借他们的勤劳和做人的良心，小店的生意一向很好。

她丈夫有个不能违背的信条：诚实经营，童叟无欺。这信条使他们赢得了小街上所有人的尊重。他虽然没能将教书育人的事业进行到底，却始终秉持以一个好教师来做人的标准践行到底。

然而，在这个世界上，好人未必能有好报。

就在他俩诚信地把小面店的生意经营得一日比一日红火的时候，那些生意冷清的小面店店主开始坐立不安了。嫉恨之火在他们心中燃烧、升腾，既炙烤着他们自己那邪恶的人性，也炙烤着她和她丈夫那善良的人性。那些店主联合起来造谣和中伤他们夫妻俩，说他们在小面的作料里加入了罂粟，麻痹了顾客的味蕾和神经、修改了顾客的记忆和印象、毒害了顾客的身体和灵魂。他们听到这样的流言，往往只是笑笑，置之不理。本来她气愤得想去找造谣者理论，最终还是被丈夫制止。她丈夫是个智者，他们相信流言止于智者。果不其然，中伤他们的流言越厉害，他们的小面店生意就越兴旺。顾客也没有将这些流言当回事，照样去他们的店里吃面——这已经成为小街上的人们不可或缺的生活。

日子一天天过去，生意好的店继续地好着，生意冷清的店继续冷清着。那小街上的人们呢？也自然是好人继续着他们的好，恶人继续着他们的恶。好和恶，有时可以相互转换，有时又不可以相互转换。能够相互转换的，看见的就是天堂；不能够相互转换的，看见的就是地狱。不过也不一定，天堂和地狱难道就不可以相互转换吗？有时天堂也是地狱，地狱也是天堂。那介于天堂和地狱之间的是什么呢？自然就是人间。人间有喜剧，更有悲剧。喜剧和悲剧之间可不可以相互转换呢？答案是肯定的。他们夫妻俩的一生，不就是在这人间的喜剧和悲剧之间转来换去吗？当他们还没有摆脱掉嫉妒之人制造出来的喜剧的包裹时，悲剧就已经在悄悄地向他们靠拢了。

那仍是一个天就要放亮的早晨，一个多雾的冷寂的早晨。他们像往常一样早起打理小店，低头不停地忙碌着。小街上一个人也没有，就连那几家嫉妒他们的店主也都不见了踪影。他们的心里感到一丝异样和不祥。没过多久，也就是在他们烧开第一锅热水的时候，几个蒙面男人冲进店里，将她丈夫好一通棍棒暴打后，逃之夭夭。此事发生后没几天，她丈夫就在痛苦中死去。她不认识这几个蒙面男人。即便认识，她也不敢说出真相。她上有一个年逾古稀的老母亲，下有两个不满十周岁的孩子，这都需要她照顾。故当警察再三问她话时，她都支支吾吾，一会儿说那几个蒙面男人她只在梦里见过，一会儿说只在野生动物园里见过，一会儿又说只在幻想里见过……

她丈夫死后，她的小面店一下子冷清了，冷清得终于跟那几家嫉妒她的人开的小面店一样。顾客都忌讳去她的店里吃面。每一个吃面的人都希望自己好好地活着，而不希望到漂浮着死亡气味的店里去进餐。说也奇怪，自从她丈夫死后，曾经嫉妒他们的那几个店主对她的态度变得空前友善起来，时时向她投去同情、温暖和慈祥的目光。尽管如此，那几家店的生意也丝毫不见好转，继续地冷清着。还不只是冷清，在她丈夫死去的十年时间内，那几家小面店都相继关门歇业了。她记得非常清楚，有一家在七年前的夏天歇业，有一家在五年前的春天歇业，有一家在三年前的冬天歇业，有一家在两年前的秋天歇业。

现在，整条小街上就只剩下她这一家小面店了——一家开业最早也是存在时间最长的小面店。不过，存在最长又有什么用呢？小街上的人快要搬空了，除开极少数恋旧的人还会去她的小面店吃面，几乎再也没有顾客光临。她要不是为纪念丈夫，也早就关门歇业了。

人活着，不就是活在一个小小的念想里吗？

小面店在，她的丈夫就在，就仍有人时刻在耳边提醒她：诚实经营，童叟无欺。

天已经放亮许久了。

天的慵倦逐渐退去，遮盖住它慵倦的那张透明的红纱巾也被掀掉了。但她的慵倦还未退去。她百无聊赖地伏在小面店里的桌子上打起了瞌睡，几只小小的苍蝇在店中嗡嗡地、寂寞地飞来飞去，飞来。飞去。飞。来。飞。去。

茶

　　熹微的晨曦染红小街的时候，那个地面凹凸不平、墙壁浸透水渍的老茶馆里就坐上了茶客。茶客都是彼此熟识的老人们，他们个个都比晨曦醒得还要早。醒来的他们找不到任何去处，便只好慢慢地踱步到老茶馆里去消磨人生最后的光阴。也只有在老茶馆里，他们才能放松、洒脱和无羁绊。想怎样就怎样，不必再听老伴儿那无休止的唠叨，不必再看儿子儿媳那难看的脸色，不必再受孙子孙女那恼人的纠缠。他们操劳了一辈子，忍辱负重了一辈子，临到快入土的年纪，总得留一点时间来为自己活，而这家老茶馆理所当然地成为安放他们心灵的一个角落。他们躲在这个角落里，就如躲在未来的天堂里。那个天堂里除一张陈旧的四方桌和一杯廉价的清茶外，什么也没有。

人活到最后，终将会变得跟初临人世时一样赤裸裸。

这些茶客们，这些老茶客们，现在就只剩下一杯茶是真正属于自己的。当有朝一日这杯茶喝淡，再也没有茶味儿的时候，他们就该从这个茶馆里退场了，从这条小街上退场了，从这个人间的舞台上退场了，从活着的受难和精神的受伤中退场了。

茶馆的老板娘仍然是一副冷若冰霜的脸孔，她对人间的悠悠万事早已看淡，对每个茶客的人生也早已看淡。她明白他们的苦恼和忧伤，也理解他们的悲戚和孤独。当然，那些茶客们也明白和理解她的隐痛与酸楚、落寞与寡欢。表面上看，她只是这条小街上一个老茶馆的主人，实际上却是一个由这些孤独的茶客们形成的"孤独国"的主人。也即是说，她卖茶的目的并非是为养活自己，而是为兜售自己的孤独。那些消费她孤独的茶客们呢，又通过购买她的孤独来告慰自己的孤独。因此，他们之间没有真正的主客之别。

主人也是茶客，茶客也是主人。

以前这位老板娘的丈夫还健在的时候，她的脸上偶尔还会露出笑容。只不过，这难得一见的笑容，也是为融化她那生病丈夫脸上的寒冰。她清楚地记得，在茶馆开张的第二年夏天，她丈夫就不能开口说话了，也不能行走和干活儿。每天都只能安静地坐在茶馆的角落里，目睹妻子忙来忙去的身影，聆听煤炉上的铝壶

晚　晴

里水烧开时的咕咕声。

她丈夫是这个老茶馆里待得时间最长，却从来不付茶钱的唯一茶客，这使那些经常来喝茶的人都向他投去羡慕的目光。他们不只一百次一千次地幻想过能够成为老板娘的丈夫，能够每天不管是天晴还是落雨都有一杯免费的热茶喝；能够与世隔绝地长期躲在一个角落里，把生活的琐碎和烦恼统统忘掉，把活着的焦虑和尴尬统统忘掉，把四季的冷热和光阴的流转统统忘掉……因此，每个茶客刚进门，都会先瞧瞧老板娘的丈夫——向他问一声好，或点一下头，或递上一支烟。老板娘的丈夫也明白茶客们的心思。他第一次知道，在这个冷暖红尘中，竟然还有人羡慕一个生病的人——羡慕生病之人的一无用处，羡慕生病之人那虽然活着却如同死去的人生。

如果他还能像从前一样开口说话，倒是很想问问这些茶客们，当他们都在羡慕他的时候，可曾知道他其实也在暗暗地羡慕着他们呢？他羡慕茶客们能够行走和交流，能够说出自己的痛和苦，而不是像他一样，事事都需要有妻子的帮助才能安全地存活。要知道，当一个人活到需要他人照顾才能保命的时候，无论那个照顾你的人是多么地疼爱你、珍惜你、迁就你，自己依旧还是没有尊严。时间久了，即使照顾你的人不嫌弃你，你自己都会嫌弃自己。故自他生病以来，他一直都在借助茶客们活着。

是茶客们每天的到来给了他活着的希望。

他甚至觉得，那每一个茶客都不是来喝茶，而纯粹是为陪伴他的。他甚至还觉得，那茶馆里坐着的每一个茶客，也都不是茶客自己，而全都是他的影子。难怪妻子老是调侃他："你惦记这条小街上的茶客胜过惦记服侍你多年的我啊！"

事实确实如此，倘若哪天有一个茶客没有到茶馆里来，他就会坐立不安，就会魂不守舍。眼睛总是盯着门口，渴望看到那个没有到来的茶客现身。他特别害怕那些熟悉的茶客从视线里消失，正如他特别害怕那些熟悉的事物从这条小街上消失一样。在他生病的这些年里，茶客们有的也在生病，甚至比他病得更加厉害。每年都有茶客从他们的茶馆里消失，去往另一个世界喝茶。只要死一个茶客，他的病就会加重一分，他离死就更近一步。任何一个茶客的死亡，也都是他在死亡。就在前一个月，他最想念的那个老茶客居然也没有再来喝茶。

那是一个古怪的老茶客。

他之前每次来喝茶，都选择独自坐在左侧那个阴暗的角落，从不与茶馆里的其他人说话，只跟茶和水说话，只跟时间和孤独说话。这个老茶客曾让坐在右侧角落里的他多次泪流满面。他觉得这个孤单的老人就是他的一个活雕塑，是他灵魂的一面镜子。他俩都是失语的人，却又在一个狭小的空间里进行着精神的对话。

他们彼此都需要这样一个精神上的盟友和心灵上的知音。可现在这个老人也消失了，他感到无比惆怅。妻子明白丈夫的忧思，每日清晨茶馆刚开门，都必定会先给那个消失的老茶客泡上一杯茶，放在他原来喝茶的桌子上，以使丈夫获得某种心理上的平衡和精神上的抚慰。他只要见到那杯热气腾腾的茶水，就如同见到那个老人仍在那里沉默地坐着。而她只要见到丈夫还依然坐在那里看着那杯再也没有人喝的茶水，她悬着的心也就踏实了。这一切都在努力证明——一个失去了精神支柱的绝望病人，又终于迎来了新的一天，并在这新一天里继续好好地活着、痛着、爱着。

藏

　　整整一个下午，他都忧心忡忡地躲在小街后面一棵苍老、粗壮的黄葛树底下。只要他将自己弱小的身子紧靠着树干，这棵树就会天然地成为保护他的一面墙壁。不但可以替他挡住这个秋日下午的荒寒和一阵紧似一阵的凉风，还可以替他挡住自己成长岁月中的阵痛和恐惧、颤抖和悲叹。他深信这棵老树一定可以庇护他，像庇护来树上躲避烈日和严寒的鸟儿，或爬上树枝求取生存和逃避灾难的虫子。虽然他还是一个不谙世事的少年，却早已是这棵古树的老朋友了。

　　每年在他生日到来的前一天，他都会跑到这棵树底下去，深深地将自己掩藏起来。他是一个拒绝成长的人。这种拒绝自从他有记忆以来就开始了。熟悉他的人都认为他的心理和精神均不正常，

208

以至连他父母都相信别人对自己孩子的认定，一年四季都会领着他到处去延医问药，求神打卦。但他一向对别人的评说和父母的焦虑不以为意。他不需要活给别人看，也不需要去刻意成全父母渴望他来接续家族香火的梦想。他觉得既然自己已经脱离了母体，那他就纯粹是属于自己的——他的肉体是自己的，灵魂也是自己的——他有权决定自己的命运和道路，也有权决定自己的活和死。

在这个世界上，没有哪一个孩子不希望自己快快长大，也没有哪一个成年人不希望自己长命百岁，但唯独他的想法跟其他人不同。他丝毫不希望自己长大，更不希望自己长命百岁。每个生日来临之前，他都会虔诚地向上苍祈祷，祈祷能缩短自己的寿命，或一年比一年变得更小，最好是能够重新退回到母亲的子宫。他的这个心愿，那棵阅尽人间寒暑和风雨的黄葛树早就知道了。它理解这个少年，可怜这个少年，也同情这个少年。它知道少年之所以这样想，是想将生命归还给母体、将痛归还给痛、将爱归还给爱、将苦难归还给苦难。

或许有精明或好思辨的读者要问，一个少不更事的人，能有这样的思想境界和哲学体悟吗？莫不是写这篇文章的作者杜撰出来的故事吧，还非要拉一个少年来垫背。如果你这样想，那就错了。

这是一个早熟的少年，就住在这条小街上，他家的门牌号是八十二号。倘若不信，你可以亲自去查证。这个少年所体悟到的爱痛和苦难并不是他自己的，而是他父母的，是他父母的爱痛和苦难过早地对他的成长造成了影响——这影响使他体察到活着的艰辛和生而为人的卑贱。他担心自己今后会重复父母的命运，会像父母那样受尽屈辱和历经劫难地苟活着。没有地位、没有尊严、没有未来、没有光明……他想，既然这一切都已注定，任凭怎么努力都改变不了，那他为何非要长大，非要成为一个人呢？

难道一个人长大后，就是去承受苦痛的吗？就是去承受血泪的吗？就是去承受羞辱的吗？与其那样，还不如早早地终结自己生长得好，免得庸庸碌碌地去人世间走一遭，到头来，依旧落得个悲苦、空寂和冷落的下场。

也曾有心慈且对生活永远怀抱理想的人，奉劝过这位早慧的少年，苦口婆心地给他灌输一些积极、正面、美好的人生观和价值观，希望帮助他走出心理阴影，去迎接光辉灿烂的明天，并教他如何正确认识人生的意义，肯定人的价值和创造属于自己的幸福。

但事实证明，这是一个十分倔强、有自我判断能力、活在自己内心世界里的孤独孩子。他不相信任何人对他的教导和塑造，他只相信在现实世界里亲眼看到的一切，他只相信生活本身带给他的启示和感悟。他自认为自己是一个没有被社会的染缸所污染的孩子，是一个看清了生存真相的孩子。他不想欺骗自己，麻醉自己，更不想像他老实巴交的父母那样懵懵懂懂地活着。他认为父母的活着等于没有活着，他们除了含辛茹苦地养育他，几乎不知道活着还有别的什么。他们自身不知所在，如同梦里一般。如果小街上的人说他们好，他们就觉得自己好；如果小街上的人说他们坏，他们就觉得自己坏。他讨厌自己的父母，又心疼自己的父母。他心里明白，父母是在拿生命做赌注去换取孩子的明天。照理，他应该好好地活着，为父母减负和争光，有朝一日成为父母的骄傲，可他实在缺乏生长的勇气和力量。

天就要黑了。

秋风想要摇撼大树，却最终连一根干枯的树枝都没能摇动。他年年都想停止生长，却最终年年都在不停地生长。他不知如何是好。他仍想躲在树底下将自己藏起来，可又实在不忍心看见拖着疲倦身躯回家的父母见不到儿子归家时的恐慌。

他们的恐慌比他对成长的恐慌还要令人惧怕。

他倒是可以轻易终止自己的生长，却无法轻易终止他父母的受难。故他一直都在这两难的困境中挣扎着、忧思着、犹豫着。明天，他就将增添新岁。每增添一岁，他的锐痛也会随之增添一重。那棵沧桑、粗壮的黄葛树见证过这条小街上无数的兴衰，却唯独不愿见证这个少年的哀痛——一个每年都将自己的生日当作忌日来过的少年的哀痛。

河

  无论是从这条小街的入口还是出口经过，都能看见那条弯曲、狭长的河谷。从前，这条河里的水还没有断流的时候，那河水是十分清澈的。河面上一年四季都浮着水草，人从河岸上走过，能看见鱼儿惊恐地在水草间钻来窜去。天气晴朗的日子，天空中流动的云影也会浮在水面上，让人看了觉得是河水在托着天空的一个又一个的梦。

  小街上曾有一个爱幻想的穷苦孩子，老喜欢跑去河岸上静坐。他一坐就是一个上午或一个下午。坐的时间长了，他就将一个上午坐成了一个春天或夏天，将一个下午坐成了一个秋天或冬天。他坐在河岸上，没有人知道他到底在想些什么。只发现他在静静地盯着流动的河水看、盯着漂浮的水草看、盯着游窜的鱼儿看、盯着白云的影子看。看着看着，好似他自己就成了河水和浮草、成了鱼儿和云影。在有星光和月光闪耀的夜晚，他还会跑去河岸上静坐。尽管在夜里什么也看不见，但他照样会盯着漆黑的河谷看。或许对一个爱幻想的穷苦孩子来说，他所能看见的原本就是其他人所看不见的东西吧。这静坐给了他一种消磨时光的方式，也填补了他苍白的无眠，更为他的贫苦镶上了幻想的金边。

一晃多年过去，这个曾经在河岸上静坐的孩子早已长大成人，而那条他曾经凝视过的河谷也早已干涸。河里的水草、鱼儿和云影也早已随着河水的枯竭而消散了踪影。在这个日新月异的时代，一切变化都太快了，快得让人有一种无力感、窒息感、绝望感。什么都在变，小街在变，河谷在变，他也在变。只是如今已然变化了的他，既没有比过去变得更富，也没有比过去变得更穷。但在这一切变化之中，也有些东西是恒常不变的——比如他的孤独没有变，他对人生和生活本质的认知没有变，他的忏悔没有变，他静坐的习惯没有变。

现在，也就是这个灰暗秋天的傍晚，他就坐在裸露河滩边的一块石头上，盯着满目疮痍的河道看。他的旁边放着一堆黄纸钱，两根红蜡烛和三支青檀香。这让小街上当年见过他在河岸上静坐的老人们深感诧异。他们以为他这是要祭奠那些消失的事物，祭奠他那消失的青春和远去的记忆，祭奠他那破碎的幻想和贫苦的往昔。可事实并非如此，他要祭奠的跟这一切没有丝毫关系。他是专为祭奠一个人而来——一个让他终身陷入救赎之中的人、一个让他终身不得安宁的人、一个让他终身痛不欲生的人。只要想起这个人，他就会想起多年前那个夏日寂静的夜晚，那个同样有着星光和月光照耀的夜晚，那个他静坐在黑暗中看河谷和想心事的夜晚。

在此之前，他原以为，在这条闭塞、幽寂和暗淡的小街上，只有他这一个孩子迷恋河谷，也只有他这一个孩子会时常跑去河岸上静坐，连阒寂无人的深夜也跑去静坐。可没想到，就在那个夏夜，他坐在河岸上看到了另一个孩子的身影。那会儿，他正被一种忧伤的情绪裹挟着，脑子晕晕乎乎。星光和月光洒在河面上，好似水底下藏着无数的钻石所发出的穿透暗夜的光芒。他凝视着河面，凝视着那光芒制造的幻境——这幻境对他构成了极大的诱惑。他感觉自己已经离开人间，进入了夜的迷宫。这时，那河面轻轻地晃动起来，一圈一圈的水波揉碎了安静的星光和月光。起先，他以为是夜风在故意搅扰他的幻梦，不想让他在暗夜里丢魂，要努力将他从迷糊中拉拽出来。可待他意识稍稍清醒一点之后，他竟然看见有一个黑乎乎的人影在河面上移动。那水波就是那个人影摇晃出来的。河面上的星光和月光也是被那个人影摇碎的。他定定地、惊恐地、狐疑地看着那个人影——看着他怎样一步一步地朝河流的中心走去。夜如水一般凉，他也如水一般凉。他看见河水先是淹没了那个人影的胸腹，再是淹没了他的脖颈，最后是淹没了他的头顶。在这个痛苦的过程中，他几次想开口朝那个人影喊话，可嗓子就是发不出声。他也几次想站起身，跑去拉住那个人影，可他的腿跟灌了铅似的，丝毫不能动弹。

那个人影他太熟悉了。

他认定那就是他自己，是他自己的灵魂从他的身体里挣脱了出来，跟着水底下发光的钻石走了，跟着天空上白亮的星光和月光走了。他每次在河岸上静坐的时候，都觉得有一种美好的东西在召唤着他。

第二天黎明，躺在被窝里受噩梦纠缠的他，被一个女人椎心泣血的哭声吵醒。就在昨夜，那个女人的孩子投河自尽了。

他认识那个把自己交给河谷的孩子——那是这条小街上唯一跟他玩得最熟的孩子。他们常在一起看星星、赏月亮、摘野花、打水漂、捉迷藏。还常在一起讨论那些连成年人也不愿去思考的问题——人应该怎样度过自己的一生；人要以怎样的妥协才能跟自己的命运和解；人究竟从何处来，将到何处去？

想起这一切，他的脊背发麻。于是，他又想起昨晚发生的那惊心动魄的一幕。他感到无比后怕。他躲在屋里不敢出门，身子瑟缩而虚软。他不理解这个好伙伴为何轻生，但他又相当理解这个好伙伴的所作所为。他知道这个伙伴跟他一样，也是一个爱幻想的贫苦孩子，也渴望打捞到深藏在河谷底下发光的钻石，也渴望攀摘到天空上发光的星星和月亮。他们有着一样的遭遇、一样的命运、一样的憧憬、一样的向往。只不过，这个伙伴太心急，抢在他的前头迈出了投奔愿景的关键一步。

如今回想起来，他当年完全可以拯救这个伙伴的。

他一直活在深深的自责和悔恨之中。

这么多年来，他虽然健康地活着，却又如同死去了一般。或者说，在多年前的那个夜晚——那个有着星光和月光照耀的夜晚，他就已经跟随沉入河水的伙伴死去了。

他一直都在祈祷这个伙伴能从水底下复活过来。每年，他都会去河岸上静坐，给死去的伙伴烧纸，上香，说话。他想，只要河水不干涸，他的伙伴就有从水底下冒出来的那一天。然而，这条河已经断流几年了，他却连伙伴的尸骨都没有找到。

他坐在河滩边裸露的石头上，一边烧纸一边落泪，暖红的火光映着他那沧桑的脸庞。翻飞的纸灰像一只只黑色的蝴蝶，在河滩上随处乱撞。他觉得那每一只纸化的蝴蝶，都是伙伴粉碎掉了的人生和魂魄。

箱

　　那个铁锈斑驳的绿皮邮箱，还挂在小街的青砖墙壁上，仿佛在等待着什么。它是在等待曾经每个月都要写一封信寄给远方恋人的那个姑娘或小伙吗？是在等待曾经每周都要写一封信寄给那下落不明的儿子的那个老头或老太吗？是在等待曾经每天都会准时前来开箱取走信件的那个中年邮递员吗？如果真是这样的话，那它是注定等不到了。有谁见过现今还有拿起笔来写信的人呢？又有谁还在现今收到过有人亲笔写给自己的信件呢？即便真有，那一定也是少之甚少的活在怀旧和追忆里的人吧！反正，在这条已经衰败的小街上，是再也没有人写信。就是那些曾经习惯了写信的人，也早就失去了写信的愿望和激情。或许，他们偶尔也会手痒，想在某一个清晨或深夜爬起床，推开窗户或拉亮电灯，给一位认识或不认识的人写封信，但那个收信人还能收到这封带着体温、藏着欢笑、浸着热泪的信件吗？即使能够收到，他们还能够像期盼春天的花朵般拆开信件，或坐在桌前、或靠着门框、或蹲在树下心潮起伏地默念起信来吗？念完之后，还能再将信纸装回信封，锁在抽屉里永久地珍藏起来吗？像珍藏一个美好的希望，或珍藏一个人生的秘密那样。

这几乎不太可能。

这是一个不再需要以写信来传达思念和表达感情的年代。

每个人都活得那么浮躁、那么清浅、那么绝情，以致朋友和朋友之间，亲人和亲人之间都已隔膜，缺乏起码的沟通和信任，跟陌生人几乎没有什么区别。因此，那个邮箱的存在根本就是过去时代的一个遗物，一个承载着往昔记忆和光阴的"黑匣子"。

有许多次，小街上那个收荒匠都想偷偷地将这个破邮箱拆下来，当成废品拿去卖了，好换回几块钱来购买一袋食盐或一包味精。可每次当他靠近邮箱时，他那伸出去的双手到底还是缩了回来。这是一个富有同情心的收荒匠。他知道，假如自己真把这个邮箱拆去卖了，那个老妇人就要痛苦不堪，就要嫉恨自己一辈子。他不想被人责骂。他虽然活得卑微，做了大半生的收荒匠，却从来没有干过一件让自己良心不安的事。他想给自己积点德，到头了能够不带痛苦地去往那边的世界。

他说的是一个反常的老妇人，也是这条小街上至今还要每个月都写一封信朝那个破邮箱里塞的人。

这个老妇人从前就喜欢写信，她写给在外地打工的丈夫，写给在外地读书的孩子。她写了很多很多年，一封接一封地写。但她丈夫和孩子却不见给她回一封信。她也不知道他们是否收到过自己寄出去的信件。她只负责不停地写。写信已成为她活着的一种方式，一种精神寄托。她写的信内容都很简单，无非是问个平安，或天热了，叮嘱他们注意防暑；天冷了，叮嘱他们注意御寒。后来，这个妇人的丈夫死了，死在修筑水库堤坝的工地上。再后来，她的儿子大学毕业，在外地参加工作并安家，有了另外的女人去疼他、呵护他，她也就再没给自己深爱着的两个男人写信。但她喜欢写信的习惯依然没有改变，她仍旧每个月都会写一封信塞进那个邮箱里。只是她塞进去的那些信件不再是写给人，而是写给这条小街上的树和鸟、风和雨、朝阳和夕阳……

没有谁能够确知，这个老妇人是不是这个世界上，唯一坚持不懈地给植物和动物写信的人。也没有人能够知晓，她在那些信里都对小街上的树和鸟、风和雨、朝阳和夕阳讲些什么。她是在向它们讲说人事呢，还是在向它们讲说物事呢？或许在她的眼里，这些树和鸟、风和雨、朝阳和夕阳也是人，是人的另外一种存在形态吧。要不然，那些逐年从这条小街上消失的人都去了哪里呢？

他们一定是有的已转生成了树或树上的鸟，有的已转生成了风或风中的雨，有的已转生成了朝阳或朝阳之后的夕阳。

她意识到，自己早晚有一天也会从这条小街上消失，变成树或鸟、风或雨、朝阳或夕阳。她给它们写信，实际也是在给那些死去的亡魂写信。她知道人无论活着还是死去，都孤独无依，需要有他人的关怀和问候。再说，她这样做还有个更为重要和自私的目的，那便是她想以写信的方式来给树和鸟、风和雨、朝阳和夕阳攀个亲，建立起密切的关系。待哪天自己死了，那些经常读到她写的信、已经跟她熟悉的每一个对象都会前来迎接她。她早已预料到，自己的丈夫不在了，儿子又在远方，她死后的葬礼一定非常粗糙、简单和冷清，故她才渴望有更多熟悉的面孔来迎接自己的亡魂，替自己举行一个盛大、热闹和体面的告别仪式。她活着时太寂寞，不想死时还那样寂寞。

然而，人死后真的能转生吗？

那些小街上的树和鸟、风和雨、朝阳和夕阳真的就是人死后变幻出来的吗？

没有人能说得清，她也没法说得清。她不过是这条小街上一个无信时代的写信人，一个在进中求退、在快中求慢、在变中求不变的写信人。她投进邮箱的每封信从来都不需要写地址，也不需要写收信人，更不需要邮递员来充当信使。她写的是信，也不是信。她跟那个挂在墙壁上铁锈斑驳的绿皮邮箱一样，是过去时代的一个遗物。她正在不分昼夜、不分季节地将自己一点一点塞进空空的信封，再将信封一点一点塞进空空的邮箱——那个承载着往昔记忆和光阴的"黑匣子"。

衣

那场可怕的暴风雨，是在这个季节快要走到尾声的一天深夜里来临的。

它的到来具有不可阻遏、摧枯拉朽的力量——复仇式的力量。

它携带着巨雷的吼声和闪电的利剑，愤怒地、咆哮地、无情地席卷了这条古老的小街，并对其造成致命的打击和伤害。街上的一棵枝繁叶茂的老树被刮断枝干，萎黄的叶片落满了地。

树的叶片是树的衣裳。

一棵树的衣裳破碎了，它就少了一层裹住树的疼痛和遮住树的羞辱的布。

有一只羽毛呈灰褐色的鸟儿，站在断掉的树枝上，哀哀地叫。那叫声跟地面一样湿漉漉。也是在暴风雨来临的那个深夜里，它正跟自己的伴侣躲在暖暖的巢里睡觉。它们的巢就筑在那根断树枝上。忽然，一阵剧烈的摇晃，它们和它们的家同时开始下坠。恐慌使它们奋力扑腾翅膀，试图穿过黑夜和黑夜里的电闪雷鸣、黑夜里的暴风骤雨。然而，它们还是被灾难击中了，其中一只鸟被暴风卷跑。剩下的一只鸟，翅膀受伤。这只哀叫的鸟就是受伤的那一只。它已经叫了整整一个早晨又一个上午。不知它到底是在为自己哀鸣，还是在为那棵断树哀鸣。抑或都不是，它只是在为失去的家园哀鸣。

当然，最有可能，是它根本就不是在哀鸣，而是在呼唤它那失踪后下落不明的伴侣。也许，它们才刚刚新婚不久呢，才刚刚开始新的生活呢，才刚刚看到新的希望呢，就这样被一场意外的变故残忍地分开了。可见，灾难无论是给人类，还是给自然界造成的后果，都将是一场巨大的悲剧。

在灾难面前，树有树的痛，鸟有鸟的痛，人有人的痛。

这不，那个蹲在离那棵树和那只鸟不远的地方、埋头不停地用铁铲刨土的老妇人的痛，就绝不比那棵树和那只鸟的痛更轻。

她也是在这场暴风雨摧毁之下的一个受害者。她跟那只可怜的鸟一样，不但失去了伴侣，还失去了家园。她比恨自己衰老的身躯还要恨那场暴风雨。那天深夜——暴风雨席卷小街的深夜，她正在灶房里生火给病重咳血的老伴儿热中药。屋外滚滚而来的雷声撕裂了暗夜，短促而迅疾的闪电从窗户外刺进来，使她的内心滋生出一种不祥的预感，但她又不知道究竟会发生怎样可怕的事。就在她刚给老伴儿喂下第一勺中药的时候，狂风撞开了他们家没有关严实的木门。她放下盛药的碗，转身想去将木门重新掩上。她步履蹒跚地走到门口，狂风瞬间吹起她那一头长长的白发，这让她突然想起野地里的蒲公英被劲风吹散时的样子。

她被这脑海里不自觉地浮现的画面吓了一跳。那一刻，她的灵魂散了。她感觉自己就是一朵蒲公英，已被大风给刮碎。她颤抖着双手，使劲掩门。可门刚掩上一扇，她的房屋就轰然坍塌。她的老伴儿被活埋在下面。她也顿时晕厥过去。若不是有一根横梁替她挡住那面墙体，当天晚上，她也会跟老伴儿一样，成为阴曹地府里的鬼魂。

第二天清晨，当她苏醒过来，她老伴儿的尸体早已被人给抬了出来。但令谁也想不透的是，她醒来后的第一反应，并不是去看已经死去的老伴儿，甚至也没有掉一滴眼泪，脸上也没有流露出丝毫悲伤的神情，而是急急忙忙拿起一把铁铲不停地在废墟上刨。她刨得是那样投入，那样不顾一切。

旁侧有人问她："你在刨什么呢？"她也不作回答。表情显得非常焦急和紧张。大家揣测，她可能是受到了刺激，神志已经不清。于是，在场的人都纷纷摇头，对这个老妇人的遭遇深表同情。

但约莫半个小时过去，她却声嘶力竭地喊了一句话："我的衣裳啊！"这时，所有围观的人才幡然醒悟，原来她在刨已被掩埋的衣裳。

知道真相后，人们更加不理解。

难道那废墟下的衣裳对这个老妇人来说很重要吗？竟然比她死去的老伴儿还重要，比她毁掉的家还重要。遂有人怀疑，莫非那衣裳的兜里藏着钱吗？但这似乎不可能，因为整条小街上的人都知道，平素这个老妇人去药店给老伴儿拿药都是欠账呢！

那么，既然如此，她又为何在大灾大难的威逼之下，独独在乎那些已经穿旧、褪色和过时的衣裳呢？

说出来也许未必有人懂得，不但不懂得，怕是有人反而还会嘲笑这个老妇人的愚蠢吧！在这个老妇人眼里，那些被掩埋的衣裳的确要比她那死去的老伴儿和失去的家重要百倍。那些衣裳所能给予她的保护，是她老伴儿和房屋所不能给予的。

那些衣裳上裹着她的体温和寒湿，裹着她的噩梦和惊悸，裹着她不眠之夜的瑟缩，裹着她从深夜到黎明这段时间里的浊泪和诵经声。她深深地知道，老伴儿死了也就永远地死了，不可能再复活。她的家失去了自己也没有能力再重建，只有那些旧衣裳是她所需要的，她需要它们来御寒，需要它们来继续裹住自己的隐私，需要它们来继续裹住她那孤独、虚弱和发颤的灵魂。倘若她

长河行

不能将那些旧衣裳给刨出来，它将会变得跟上帝一样赤裸裸，将会像上帝一样站在天堂的门前，无助而迷茫地俯视着这个多难的尘寰。

她仍旧蹲在废墟上不停地刨。

那只受伤的鸟仍旧蹲在不远处的断树枝上揪心地叫着、喊着，仿佛在给她鼓劲、助威似的。她刨了整整一个早晨又一个上午，都没能刨出来一件衣裳。这个老妇人明显有些失望。她在心里暗暗地想，大概那些衣裳也跟她老伴儿一样，死了吧。

如果真是那样，她应该感激那些衣裳。是它们代替她去赴死，让她躲过了人间的一个大劫，并使一个苍老的灵魂重新获得了安详。犹如让一只受伤的羊羔重新回到了爱和疗伤的怀抱——一个灾难之后的幸存者自己给自己建的"衣冠冢"。

院

我想简单写写这条小街上的那家敬老院。

那家建院历史不长，却安顿了不少孤寡老人灵魂的敬老院。每次回到小街，无论是天晴还是下雨，我都要去这家敬老院看看。

每次去，都像是在预习衰老。

一个人能够时常预习衰老，或许并不是什么坏事，它至少可以让你明白，任何人都避免不了衰老的到来——不管你是位高权重，功成名就；还是位卑言轻，一事无成。即使你时刻都在欺骗自己，天天逗自己开心，将自己打扮得精精神神、白白净净，也无法延缓衰老的来临。有些从外貌看上去显得年轻的人，或依赖药物、保健品和护肤品使自己显得年轻的人，其身体器官的各项功能也照样在逐日下降——外表和心态终究战胜不了肉躯的朽坏。谁倘若不信，可以抽时间去敬老院走一走，瞧一瞧，那里面住着的每一个老人，都将成为你的一面镜子。这种感受并非是我所独有，我所熟识的那个常年都住在这家敬老院里的中年男人，就比我的这种感受还要深刻、还要强烈。

他是这家敬老院的负责人，大家都习惯性地称呼他院长。

自从敬老院在小街上诞生那天起，他就一直住在里面。每天都在跟衰老打交道、跟死亡打交道。我曾跟他有过多次长谈。印象最深的一次，是在一个无月也无风的夜晚，我不知道怎么了，心情非常苦闷，感觉活着有一种巨大的虚无感。我排遣不了这种令人压抑的情绪，而这条小街上又没有一个能与我说说心里话的人。于是，我只好跑去敬老院，找我的这个熟人倾诉。

在我的眼里，他等同于住在寺庙里的一个高僧。

他总是能在我迷茫和忧虑之时，帮助我释怀和开悟。只是他助人释怀和开悟的方式既不是来自佛法，也不是来自书本、理论和学说，而是来自他对人生的体验和对生死的了悟。

那天夜晚，我跟他面对面地坐在敬老院一间简陋的房间里。不太明亮的灯光照着窗外的一棵柏树，也照着柏树周围的静寂。那是夏天，夜风不时送来院内池塘里荷花的阵阵清香。有三两只蛐蛐躲在不知是窗台下、椅背后，还是墙缝里不停地聒噪。院中的老人们虽然都已熄灯入睡，但仍可时不时地听见从房中传出来的鼾声、梦呓声和喊疼声。这几种声音混杂着，跟蛐蛐的叫声交织在一起，被黑夜无限地放大。

他非常清楚我来拜访他的目的。

他先给我倒了一杯温开水，再给自己也倒一杯。我们都各自端起玻璃杯喝一口水后，他便定定地看着我，像看着一个陌生人。或许是我想急于向他倾诉内心苦闷的冲动，使我忽略了仔细观察他当时的面部表情。我像往常去找他时一样，只顾不断地诉说着——说我糟糕透了的心情，说我恒常盘缠在内心深处的疑虑和困惑，说我对人存在意义和价值的追问……我在诉说这一切的时候，那几只蛐蛐竟然也都噤了声。难道它们也在聆听我的诉说吗？难道我的话也说出了蛐蛐们的心声吗？

我不能确知，毕竟蛐蛐是蛐蛐，我是我。

我唯一在乎的是，我诉说完后他的反应和态度。我想听听他对我所说问题的看法。但令我意外的是，他听了我的诉说后，并未像以往那样发表一番颇有见地的言论，而是沉默着，一句话都不说。从老人们房间里传出来的鼾声、梦呓声和喊疼声更大了，让我觉得反倒是这些老人们发出的各种声音在回应我刚才的诉说。我掏出一支烟来递给他——他接烟的手有些颤抖。我用打火机打燃火，要给他点烟。这时，他却耸动着身子痛哭起来。微弱的火光暖着他抽搐的脸庞，也暖着他滚落出来的泪水。我被这突如其来的一幕吓住了。

我不知道他怎么了，是不是我刚才的话给了他重重的一击?

接下去的时间，我一直都在安慰他、开导他。我第一次做起了帮助他释怀的事情来。我也第一次发现，以往我每次跟他谈心，表面上看都是他在抚慰我，给我以启发。殊不知，他的内心也藏着大苦闷和大彷徨、藏着大悲痛和大忧伤。

每个人都有自己解决不了的难题。

那个晚上，我陪他坐到天快亮才离开敬老院。走在路上，我的脑子恍恍惚惚，耳朵里总在不停地响起这个熟人的痛哭声，以及从那些老人们房间里传出来的打鼾声、梦呓声和喊疼声。

这件事过去许久，我都没悟透他在那天晚上的痛哭。他也从来没向我做过任何的倾诉，他是一个比我坚强的人。只是我暗自揣测，他那天夜里的痛哭未必一定是在为自己——也许是为窗外暗影中的那棵柏树，也许是为蛰伏在暗中鸣叫的蛐蛐，也许是为夏夜里孤独盛放的荷花，也许是为那些老人们整夜不停地发出的鼾声、梦呓声和喊疼声……

我有很长时间没有回到小街了，也有很长时间没有去过那家敬老院，自然也有很长时间没有去拜访过那位熟人。我不知道他和他管理的敬老院现在情况怎么样，只偶尔听闻他每天都很忙。敬老院里的每一个老人都需要他、依赖他。他对每一个老人都挺好，像对待自己的父母一样。

　　每天早晨、中午、傍晚和深夜，他都会准时去老人们的房间查房，叮嘱他们吃药，替他们盖被子，跟长期失眠的老人寒暄几句。说说花香和鸟语、说说树影和虫鸣、说说生前和死后的事情。

　　他早就打算将自己的后半生交给这家小街上的敬老院。

　　如果哪一天他自己也老了，走不动路了，他就去找那些自己曾经照顾过的已经死去的老人们。他相信，那些老人们仍在某个遥远的地方等着他，像他们生前在敬老院的早晨、中午、傍晚和深夜时分等着他一样。

相

　　每次从这条小街上的那间旧屋子前路过，我的脑海里都会顿时浮现出一张清晰的面孔。这张面孔是那样令人难忘，它不仅带给我许多美好的回忆，还带给我一种精神和力量——对自己认定的事情孜孜以求、矢志不渝的精神和力量。这面孔是一位老人的面孔，它严肃、冷静、不苟言笑。我只要一想到这张面孔，就会对其肃然起敬，并充满强烈的好奇心。

　　这位老人跟住在小街上的其他老人也并没有什么不同，只不过他比其他老人多一门手艺而已。

　　这手艺，便是捏面人。

　　没有人知道，他的这门手艺是跟谁学的。在他之前，这条小街上从来没有一个人会这绝活儿；在他之后，这条小街上也没有第二个人会这绝活儿。或许在这个丰富多彩的人世间，有些人原本就天赋异禀。他们一出生，上苍就传授给他们一种过人的本领。这本领让其他人无论靠后天怎样努力和勤奋，都难以望其项背。比如有的人天生就擅长唱歌，有的人天生就擅长跳舞，有的人天生就擅长下棋。故仅凭会捏面人，他就理所当然地令小街上不少的人羡慕和嫉妒。

　　要知道，在这条偏僻、落后的小街上，人们都活得很务实。很少有人能在活着本身之上，找寻到一种大于活着本身的意义。

　　而这个会捏面人的人，让整条小街上的人看到了活着的另外一种样态。可以这么说，这个老人的一生，都是一个闲人。他还很年轻的时候，就已经不干活儿了，成天都躲在屋子里捏面人。到了结婚生子的年龄，他也不出去社交。有媒人主动上门提亲，他也跟没事似的，将人拒之门外。如此一来，他的大好年华都被错过了。以至有人说，他这辈子，都在娶他捏出的那些面人为妻。还有人故意揶揄，说别看他成天百事不做，却是这条小街上娶老婆最多的男人呢。面对这样的嘲讽，他素来不计较。他觉得那些揶揄自己的人都俗不可耐，跟小街上走过的一条野狗没有丝毫区别。

　　但只有我心里清楚，他其实是一个活得非常明白、通透的人。他的内心有着一套属于他自己的生活哲学。他经常通过捏面人来表达他的爱憎、悲喜和冷暖。比方说，他若讨厌小街上的某个人，就会偷偷地将这个人的面孔捏出来，且故意让这个人少一颗牙，或掉一只耳朵，或缺一个鼻孔。倘若他喜欢小街上的某个人，也会偷偷地将这个人的面孔捏出来，且将这个人的面孔捏得多出一份慈善、一份威严、一份傲骨。有时候，他还会捏出一些似人似鬼的面孔来。这类面孔，让人看后既陌生又熟悉。我曾私下问过他："你捏的这些难以辨识的面孔到底是谁啊？"他淡淡地回答："可能是你，可能是我，可能是他，可能是这条小街乃至这个世界上的任何人。"

此话让我惊愕。

这个手艺人到老都显得另类，也很寂寞和孤独。

他好似每时每刻都活在自己的世界里，只跟他捏的那些面人相处。他的屋子里放满了各种各样的面人。那每一张面孔，都是他消磨光阴和躲避红尘的一个伴侣，也是他观察生活和认识人性的一扇窗口。然而，他平时绝不允许有人走进藏匿面人的那间密室。

我是这条小街上仅有的几个去过密室的人之一。

他对我的信任，让我至今对他心怀感激——这感激不是他领我走进了密室，而是他在那间密室里告诉了我一个秘密——关于他的理想和信念的秘密。他试图用一生的时光，以捏面人的方式，来记录这条小街上每个人的"命运史"和"心灵史"。他捏出的那些摆满了屋子的面人，都是他所熟悉的人的面孔。

无疑，这都是些小人物的面孔。

这些小人物自己也未必清楚，他们正在被自己羡慕和嫉妒的那个手艺人捏进了历史。

这真是一个有雄心壮志且令人钦佩的手艺人。

凭我对他的了解，他根本瞧不起自己捏出来的这些人物，但他对这些人物又怀有巨大的同情。他一方面厌恶他们，一方面又可怜他们。因此，他在捏这些人物面孔的时候，内心时刻都充满着矛盾和苦痛。

也许一切艺术都诞生于苦痛吧——自己的苦痛、他人的苦痛。只有处于苦痛状态，创作态度才真诚、精神才饱满、笔调才冷静、思想才深邃。

我每次回小街，都会抽时间去看望这个手艺人，问问他是否已经实现了自己的"艺术梦想"。但每次去，他似乎除了额头的皱纹更多、背脊更伛偻、视力更下降、头发更花白外，其他都没有什么变化和进展。后来，他大概是意识到自己的生命将尽，担心完不成那长远得深具史诗性的创作计划吧，竟然连我也不愿再相见。他整日都将自己关在屋内，跟时间做孤注一掷的搏斗。从那时起，我就再也没去打扰过他，只在心中默默地为他祝福和祈祷！

但就在前个月的一天上午，这个老手艺人竟然死在了他的密室里，这消息令我分外震惊。令我更为震惊的是，他在临死前居然毁掉了他这辈子捏出来的所有面人。我猜不透他为何要这样做，是他对自己失望了呢，还是他到底看穿了自己一辈子捏出的这些面人，都只不过是一张张僵死的面具呢？

　　面具好捏，要捏出面具底下深藏的生命、道德、习俗和灵魂，难啊！